UNA INMENSA ALEGRÍA

UNA

INMENSA

ALEGRÍA

TAHEREH MAFI

Traducción de Alicia Botella

✕ PUCK

Argentina – Chile – Colombia – España
Estados Unidos – México – Perú – Uruguay

Título original: *An Emotion of Great Delight*
Editor original: HarperCollins Children's Books,
una división de HarperCollins*Publishers*
Traducción: Alicia Botella

1.ª edición: abril 2025

© 2021 *by* Tahereh Mafi
All Rights Reserved
© 2025 de la traducción *by* Alicia Botella
© 2025 *by* Urano World Spain, S.A.U.
Plaza de los Reyes Magos, 8, piso 1.º C y D – 28007 Madrid
www.mundopuck.com

ISBN: 978-84-10239-33-3
E-ISBN: 978-84-10495-65-4
Depósito legal: M-3.543-2025

Fotocomposición: Urano World Spain, S.A.U.

Impreso por: Rodesa, S.A. – Polígono Industrial San Miguel
Parcelas E7-E8 – 31132 Villatuerta (Navarra)

Impreso en España – *Printed in Spain*

DICIEMBRE DE
2003

UNO

El sol azotaba con fuerza, dedos de calor formaban manos sudorosas que me sujetaban el rostro y me retaban a estremecerme. Estaba petrificada, inmóvil, mientras observaba el ojo de un sol imperturbable, esperando cegarme. Me encantaba, adoraba el calor abrasador, cómo me quemaba los labios.

Era agradable que me tocara.

Era un perfecto día de verano, fuera de lugar en otoño. Lo único que perturbaba el implacable calor era una suave y fragante brisa que no lograba ubicar. Un perro ladró. Lo compadecí. Los aviones zumbaban sobre nuestras cabezas y los envidiaba. Los coches pasaban a toda velocidad y yo solo oía sus motores, sus sucias carrocerías de metal dejando atrás sus excrementos y aun así...

Respiré hondo y contuve el aire, percibí el olor del diésel en los pulmones y en la lengua. Sabía a recuerdos, a movimiento. A la promesa de ir a alguna otra parte. Solté el aire. A cualquier otra parte.

Yo no iba a ninguna parte.

No había nada por lo que sonreír, pero aun así lo hice. El temblor de mis labios era un indicador casi seguro de la histeria inminente. Ahora estaba en una cómoda ceguera, el sol me había quemado tanto las retinas que apenas veía algo más que orbes brillantes y una reluciente oscuridad. Me recosté en el asfalto polvoriento, tan caliente que me quemó la piel.

Volví a imaginarme a mi padre.

Su cabeza reluciente, dos mechones de pelo oscuro sobre sus orejas como auriculares mal colocados. Su sonrisa tranquilizadora que decía que todo iba a ir bien. El vertiginoso resplandor de las luces fluorescentes.

Mi padre volvía a estar casi muerto, pero solo podía pensar en que no sabía cuánto tiempo iba a tener que fingir tristeza al respecto si de verdad sucumbía. O peor, mucho peor: si moría, tal vez no tendría que fingir tristeza. Me tragué un repentino e inoportuno nudo de emoción que se me había formado en la garganta. Sentí el ardor de las lágrimas y cerré los ojos con fuerza, obligándome a levantarme. A ponerme de pie.

A andar.

Cuando volví a abrir los ojos, había un agente de policía de mil metros de altura cerniéndose sobre mí. Hablaba a través del *walkie-talkie*. Llevaba unas botas pesadas, y oí un chasquido metálico cuando cambió el peso.

Parpadeé y retrocedí cual cangrejo y evolucioné de una serpiente sin piernas a una humana sobresaltada y confundida.

—¿Esto es tuyo? —preguntó levantando una sucia mochila azul claro.

—Sí —respondí tomándola—. Sí.

Dejó caer la mochila en cuanto la toqué, y el peso estuvo a punto de hacerme caer hacia adelante. Había dejado ese peso muerto en el suelo por una razón. Entre otras cosas, había cuatro libros de texto enormes, tres carpetas, tres libretas y dos libros de bolsillo desgastados que todavía tenía que leer para clase de lengua. La zona de recogida después de la escuela estaba cerca de un área de césped que frecuentaba con demasiado optimismo con la esperanza de que alguien de mi familia recordara mi existencia y me ahorrara el camino a casa. Ese día, no hubo suerte. Había abandonado la mochila y el césped por el aparcamiento vacío.

Se oyó un ruido estático por el *walkie-talkie*. Más voces distorsionadas.

Miré hacia arriba.

Una barbilla hendida, labios finos, una nariz, pestañas poco pobladas, destellos de ojos azules brillantes. El agente llevaba un sombrero. No podía verle el pelo.

—He recibido una llamada —dijo mirándome todavía—. ¿Vas al colegio aquí?

Un cuervo descendió en picado y graznó, metiéndose en mis asuntos.

—Sí —respondí. Se me empezó a acelerar el corazón—. Sí.

Inclinó la cabeza para mirarme.

—¿Qué estabas haciendo en el suelo?

—¿Qué?

—¿Estabas rezando o algo?

El pulso se me ralentizó. Se me cayó el alma a los pies. No estaba desprovista de cerebro ni de ojos que me permitieran leer las noticias, el ambiente o a este hombre que me examinaba la cara parte por parte. Conocía la ira, pero estaba aún más familiarizada con el miedo.

—No —respondí en voz baja—. Solo estaba tomando el sol.

El agente no pareció creérselo. Pasó los ojos por mi rostro una vez más y por el pañuelo que me envolvía la cabeza.

—¿No tienes calor con eso?

—Ahora mismo sí.

Estuvo a punto de sonreír. En lugar de eso, se dio la vuelta y escrutó la plaza de aparcamiento vacía.

—¿Dónde están tus padres?

—No lo sé.

Arqueó una sola ceja.

—Se olvidan de mí —respondí.

Ahora ambas cejas.

—¿Se olvidan de ti?

—Siempre espero a que aparezca alguien y, si no lo hace, vuelvo a casa andando —expliqué.

El agente me miró durante un buen rato. Al final, suspiró.

—De acuerdo —dijo con sarcasmo—. Vale, pues adelante. Pero no vuelvas a hacer esto —dijo bruscamente—. Este sitio es propiedad privada. Reza en casa.

Negué con la cabeza.

—No estaba… —intenté decir. Intenté gritar que no estaba rezando. De verdad.

Pero él ya se estaba alejando.

DOS

El fuego de mis huesos tardó tres minutos en apagarse. Miré hacia arriba en el creciente silencio. Las nubes que antes habían sido blancas se habían vuelto grises y espesas, la suave brisa era ahora una ráfaga helada. El embriagado día de diciembre había recuperado la normalidad con una prontitud que rozaba lo extremo. Fruncí el ceño ante la escena, sus contornos difuminados y el cuervo que seguía dando vueltas por encima de mi cabeza con un graznido constante. De repente, un trueno rugió a lo lejos.

El agente ya no era más que un recuerdo.

Lo que quedaba de él se alejaba hacia la luz mortecina con esas botas pesadas y el paso desigual. Lo vi sonreír mientras murmuraba algo por la radio. Un relámpago partió el cielo en dos y me estremecí como si me hubiera electrocutado.

No tenía paraguas.

Me metí la mano por debajo de la camiseta, saqué el periódico doblado que me había escondido en la cintura pegado contra el torso y me lo puse debajo del brazo. El aire vibraba con la promesa de una tormenta, el viento mecía los árboles. En realidad, no pensaba que un periódico fuera a protegerme de la lluvia, pero era lo único que tenía a mano.

Estos días, era lo único que siempre tenía.

Había una máquina expendedora de periódicos a la vuelta de la esquina de mi casa y, unos meses antes, por un impulso, había comprado un ejemplar del *New York Times*. Tenía

13

curiosidad por los adultos que leían el periódico, por los artículos que contenía y que desencadenaban las conversaciones que parecían estar dando forma a mi vida y mi identidad, el bombardeo de las familias de mis amigos en Oriente Medio. Tras dos años de pánico y duelo por el 11S, nuestro país había decidido emprender una acción política agresiva: le habíamos declarado la guerra a Irak.

La cobertura era implacable.

La televisión difundía información deslumbrante y violenta sobre el tema que rara vez podía soportar. No obstante, el proceso lento y tranquilo de leer el periódico me gustaba. Llenaba los huecos de mi tiempo libre.

Había empezado a meterme monedas de veinticinco centavos en el bolsillo todos los días para comprar el periódico de camino a la escuela. Leía los artículos mientras recorría el kilómetro y medio y el ejercicio mental y corporal me elevaba la presión arterial a niveles peligrosos. Cuando llegaba al primer punto, había perdido tanto el apetito como la concentración. Las noticias me ponían enferma, estaba harta de ellas, me atiborraban de dolor de una manera temeraria mientras buscaba en vano un antídoto para el veneno. Aun así, movía el pulgar lentamente sobre la tinta gastada de viejas historias, acariciando mi adicción.

Levanté la mirada hacia el cielo.

El cuervo solitario que había en lo alto del cielo no dejaba de mirarme y el peso de su presencia parecía oprimir el aire de mis pulmones. Me obligué a moverme, a cerrar las ventanas de mi mente mientras avanzaba. El silencio daba paso a pensamientos inoportunos con demasiada facilidad, así que decidí escuchar el sonido de los coches que pasaban y del viento azotando sus cuerpos metálicos. Había dos personas en particular en las que no quería pensar. Tampoco quería pensar en las inminentes solicitudes de ingreso a la universidad, el agente de policía o el periódico que todavía aferraba con el puño, pero aun así…

Me detuve, desdoblé el periódico y alisé los bordes.

Ciudadanos afganos rotos de dolor después de que una incursión estadounidense matara a nueve niños

Me sonó el móvil.

Me lo saqué del bolsillo y me quedé quieta mirando el número que aparecía en pantalla. Me atravesó una espada emocional y, con la misma velocidad, se retiró. *Es un número diferente.* El alivio embriagador estuvo a punto de hacerme reír, la sensación se mantuvo a raya por el dolor que sentía en el pecho. Me sentía como si de verdad tuviera acero clavado en los pulmones.

Abrí la tapa del móvil.

—¿Hola?

Silencio.

Finalmente, se oyó una voz, apenas media palabra flotando entre el ruido estático. Miré la pantalla, la batería casi agotada, la única raya de cobertura. Cuando cerré el móvil, una punzada de miedo me recorrió la espalda.

Pensé en mi madre.

Mi madre, mi optimista madre que pensaba que, si se encerraba en el armario, no la oiría llorar.

Una única gota de agua gruesa me aterrizó en la cabeza.

Miré hacia arriba.

Pensé en mi padre, en ese hombre moribundo de metro ochenta tumbado en una cama de hospital, contemplando la distancia. Pensé en mi hermana.

Una segunda gota de lluvia me cayó en el ojo.

El cielo se partió con un crujido repentino y, en ese instante, en el latido previo al diluvio, contemplé la quietud. Consideré tumbarme boca abajo en la carretera y quedarme allí para siempre.

Pero empezó a llover.

Llegó rápidamente, me golpeó la cara, me oscureció la ropa, se acumuló en los pliegues de mi mochila. El periódico que levanté por encima de la cabeza aguantó cuatro segundos antes de sucumbir al agua y me lo guardé rápidamente, esta vez en la mochila. Entrecerré los ojos bajo el aguacero, reajusté el demonio en mi espalda y me envolví el cuerpo con la chaqueta fina que llevaba.

Caminé.

EL AÑO ANTERIOR

PRIMERA PARTE

Dos golpes fuertes en mi puerta. Gemí y me tapé la cabeza con la almohada. La noche anterior me había quedado despierta hasta tarde memorizando ecuaciones para la clase de física y, como resultado, había dormido unas cuatro horas. La mera idea de salir de la cama hacía que me entraran ganas de llorar.

Otro golpe.

—Es demasiado temprano —dije con la voz amortiguada por la manta—. Vete.

—*Pasho* —oí que decía mi madre. «Levántate».

—*Nemikham* —respondí. «No quiero».

—*Pasho*.

—Creo que hoy no voy a poder ir a clase. Me parece que tengo tuberculosis.

Oí el suave siseo de la puerta abriéndose sobre la alfombra y me acurruqué de manera instintiva, como un nautilo en su caparazón. Emití un sonido lastimero mientras esperaba lo que parecía inevitable: que mi madre me arrastrara físicamente fuera de la cama. O, al menos, que me quitara las mantas.

En lugar de eso, se sentó sobre mí.

Estuve a punto de gritar al sentir el peso inesperado. Duele mucho que se sienten sobre ti cuando estás en posición fetal. De algún modo, mis huesos apilados me volvían más vulnerable al dolor. Me giré, le grité que se alejara de mí y ella se rio y me pellizcó la pierna.

Chillé.

—*Goftam pasho.* —«Que te levantes».

—¿Cómo se supone que voy a levantarme ahora? —pregunté apartándome las sábanas de la cara—. Me has roto todos los huesos.

—¿Qué? —Arqueó las cejas—. ¿Qué me has dicho? ¿Que tu madre pesa tanto que podría romperte todos los huesos? ¿Eso es lo que me estás diciendo? —espetó en farsi.

—Sí.

Jadeó y abrió los ojos como platos.

—Ay, *bacheyeh bad*. —«Niña mala».

Con un ligero rebote, hizo más presión sobre mis muslos y solté un grito ahogado.

—Vale, vale, ya me levanto, ya me levanto, por Dios…

—¿Maman? ¿Estás aquí?

Mi madre se levantó al oír la voz de mi hermana. Me quitó las sábanas de la cama y dijo:

—¡Aquí! —Se giró de nuevo hacia mí y, con los ojos entornados, espetó—: *Pasho*.

—Que ya *pasho*, ya *pasho* —gruñí.

Me puse de pie y miré por costumbre el despertador que había silenciado un buen puñado de veces. Estuvo a punto de darme algo cuando vi la hora.

—¡Voy a llegar tarde!

—*Man keh behet goftam* —dijo mi madre encogiéndose de hombros. «Te lo dije».

—No me has dicho nada. —Me di la vuelta con los ojos muy abiertos—. No me has dicho qué hora era.

—Sí que te lo he dicho. Puede que la tuberculosis te dejara sorda.

—Vaya. —Negué con la cabeza al pasar junto a ella—. Qué graciosa.

—Lo sé, lo sé, soy tronchante —dijo con una floritura de mano. Volvió a cambiar al farsi—: Por cierto, hoy no puedo llevarte a la escuela, tengo cita con el dentista. Te llevará Shayda.

—No voy a llevarla —dijo mi hermana gruñendo mientras se acercaba. Asomó la cabeza por la habitación—. Tengo que salir ya mismo y Shadi aún ni se ha vestido.

20

—No… Espera… —Me entraron las prisas—. Puedo vestirme en cinco minutos…

—No, no puedes.

—¡Sí que puedo! —Ya estaba a mitad de camino del baño que compartíamos poniendo pasta de dientes en el cepillo como una loca—. Solo espérame…

—Que no. No voy a llegar tarde por tu culpa.

—Shayda, ¿qué demonios…?

—Puedes ir andando.

—¡Tardaré cuarenta y cinco minutos!

—Pues pídeselo a Mehdi.

—¡Mehdi aún está durmiendo!

—¿Alguien me ha llamado?

Oí a mi hermano subiendo las escaleras con las palabras algo más distorsionadas de lo habitual, como si estuviera comiendo algo mientras hablaba. El corazón me dio un vuelco repentino.

Escupí la pasta en el lavabo y corrí por el pasillo.

—Necesito que alguien me acompañe a la escuela —sollocé todavía con el cepillo en la mano—. ¿Puedes llevarme tú?

—¿Cómo dices? De repente me he quedado sordo. —Bajó corriendo las escaleras.

—Por Dios, ¿qué le pasa a todo el mundo en esta familia?

La voz de mi padre resonó hasta arriba:

—¡*Man raftam! ¡Khodafez!* —«¡Me voy! ¡Adiós!»

—¡*Khodafez!* —gritamos los cuatro al unísono.

Oí la puerta cerrándose de golpe mientras corría a la barandilla y vi a Mehdi en el rellano de abajo.

—¡Espera! —le dije—. Por favor, por favor…

Mehdi me miró y me dirigió su característica sonrisa devastadora, una que sabía que ya había arruinado unas cuantas vidas. Sus ojos de color avellana brillaron a la luz de la mañana.

—Lo siento —me dijo—. Tengo planes.

—¿Cómo vas a tener planes a las siete y media de la mañana?

—Lo siento —repitió y su silueta desapareció de mi vista—. Hoy estoy ocupado.

Mi madre me dio una palmadita en el hombro.

—*Mikhasti zoodtar pashi.* —«Podrías haberte levantado antes».

—Un apunte excelente —comentó Shayda colgándose la mochila del hombro—. Adiós.

—¡No! —Corrí al baño, me enjuagué la boca y me tiré agua en la cara—. ¡Estoy casi lista! ¡Dos minutos más!

—Shadi, no llevas ni pantalones.

—¿Qué? —Miré hacia abajo. Llevaba una camiseta *oversize*. Sin pantalones—. Espera… Shayda…

Pero ya estaba bajando las escaleras.

—*Manam bayad beram* —dijo mi madre. «Yo también tengo que irme». Me lanzó una mirada compasiva—. Te recogeré después de clase, ¿vale?

Se lo agradecí despidiéndome de manera distraída y volví rápidamente a mi habitación. Me puse unos vaqueros y una térmica a una velocidad vertiginosa, estuve a punto de tropezar conmigo misma mientras agarraba los calcetines, una goma para el pelo, mi pañuelo y mi mochila medio abierta. Corrí por las escaleras como una posesa gritando el nombre de Shayda.

—¡Espera! —grité—. ¡Espera! ¡Estoy lista! ¡Treinta segundos!

Salté sobre un pie mientras me ponía los calcetines y los zapatos. Me recogí el pelo, me até el pañuelo como Jackie O (o como muchas otras chicas persas) y salí corriendo por la puerta. Shayda estaba en la acera abriendo el coche y mi madre se estaba acomodando en su furgoneta, todavía aparcada en el camino de entrada. Le hice gestos con la mano sin aliento mientras gritaba:

—¡Lo he logrado!

Mi madre me sonrió y me mostró el pulgar hacia arriba, un gesto al cual respondí rápidamente. A continuación, dirigí la potencia de mi sonrisa a Shayda, quien se limitó a voltear los ojos y, con un pesado suspiro, me dejó subir a su viejo Toyota Camry.

Estaba eufórica.

Una vez más, me despedí con la mano de mi madre, que acababa de arrancar su vehículo, antes de dejar mi pesada mochila en el asiento trasero de Shayda. Mi hermana todavía estaba abrochándose el cinturón, colocando sus cosas, dejando el café en el posavasos, etcétera, y me apoyé en la puerta del copiloto aprovechando el momento tanto para recuperar el aliento como para disfrutar de la victoria.

Demasiado tarde, me di cuenta de que hacía mucho frío.

Era finales de septiembre, el inicio del otoño, y todavía no me había acostumbrado a la nueva estación. El tiempo era inconsistente, los días estaban plagados de franjas frías y cálidas y no estaba segura de que valiera la pena arriesgarme a sufrir la ira de Shayda subiendo de nuevo a por la chaqueta.

Fue como si mi hermana me hubiera leído la mente.

—¡Eh! —gritó desde dentro del coche—. Ni se te ocurra. Si vuelves a entrar, me marcho.

Mi madre, que también me leyó la mente, pisó los frenos de la furgoneta y bajó la ventanilla.

—*Bea* —dijo. «Aquí»—. Toma.

Extendí los brazos mientras me lanzaba una sudadera enrollada. La atrapé, la observé y la levanté hacia el cielo. Era una sudadera negra con capucha estándar, de las que se ponen por la cabeza. Su única característica distintiva eran los cordones de un azul intenso.

—¿De quién es? —pregunté.

Mi madre se encogió de hombros.

—Debe de ser de Mehdi —respondió en farsi—. Lleva mucho tiempo en el coche.

—¿Mucho tiempo? —Fruncí el ceño—. ¿Cuánto es mucho tiempo?

Mi madre se encogió de hombros de nuevo y se puso las gafas de sol.

Olfateé el algodón con aire sospechoso, pero no debía de llevar mucho tiempo abandonada en el coche, porque todavía olía bien. Como a colonia. Un olor que hizo que me vibrara la piel al reconocerlo.

La arruga de mi ceño se profundizó.

Me pasé la sudadera por la cabeza mientras veía a mi madre alejarse por la carretera. Era suave y cálida y me quedaba grande, pero tener ese aroma tenue y agradable tan cerca de la piel me resultó abrumador. Mis pensamientos habían empezado a acelerarse, mi mente se esforzaba por responder a una sencilla pregunta.

Shayda tocó el claxon. Casi me dio un infarto.

—Sube ahora mismo o te atropello —espetó.

DICIEMBRE DE

2003

TRES

Cuando llovía así, a menudo la gente me lanzaba miradas cómplices y me señalaba con el dedo con aire amistoso diciendo cosas como «¡Qué suerte tienes! Aquí Einstein no necesita ni paraguas». Me señalaban y movían las cejas. Siempre sonreía cuando alguien me decía algo así, mostraba una de esas sonrisas educadas que me ayudaban a mantener la boca cerrada. Nunca entendí la suposición de que mi pañuelo era impermeable.

Evidentemente, no lo era.

Mi pañuelo no era de neopreno ni parecía de vinilo. Era de seda, una elección intencionada, no solo por el peso y la textura, sino por mi vanidad. La seda me acariciaba el pelo durante el día y, cuando llegaba a casa, lo tenía suave y brillante. Me resultaba desconcertante que alguien pensara que mi hiyab podía resistir una tormenta y, sin embargo, era una lógica que compartía una cantidad sorprende de personas.

Ojalá pudieran verme ahora.

La lluvia me había empapado el pañuelo y lo tenía pegado a la cabeza. El agua me bajaba por el cuello y el pelo formando riachuelos. Se me habían soltado algunos mechones rebeldes que el viento azotaba con fuerza contra mis ojos y, aunque intenté apartarlos, mis esfuerzos fueron más por costumbre que por esperanza de conseguirlo. No era tonta. Sabía que ese día iba a morir de neumonía, probablemente incluso antes de que empezara mi próxima clase.

Estaba en el último año de instituto, pero los lunes y los miércoles tomaba clases de cálculo multivariable en el centro local de estudios superiores. Era el equivalente a asistir a clases de niveles avanzados. Las unidades eran trasferibles y me ayudaban a subir la nota media.

A mis padres les gustaba. A la mayoría de los padres les gustaba.

Aunque mis padres, igual que muchos padres de Oriente Medio, lo esperaban. Esperaban que tomara clases de cálculo multivariable el último año de instituto igual que esperaban que me convirtiera en médica. O en abogada. También aceptarían cualquier otro doctorado, aunque con mucho menos entusiasmo.

Consideré oponerme de nuevo.

Ahora llovía con más fuerza, más rápido, pero no tenía tiempo de buscar refugio. Si quería llegar al colegio a la hora, tenía que seguir andando. Sabía que había pasado demasiado tiempo después de clase esperando a que alguien viniera a por mí, pero no podía evitarlo. Mis esperanzas eran mayores los lunes y los miércoles porque esperaba algo más que un viaje a casa: quería que me ahorraran la larga caminata hasta el centro de estudios superiores que estaba a cuatro kilómetros de distancia.

Estuve tentada de saltarme las clases.

La tentación era tan palpable que sentí un temblor en la columna. Me imaginé mi cuerpo empapado llevándome directamente a casa y el corazón me latió con fuerza ante la idea con la amenaza de la felicidad. Los coches pasaban junto a mí y me salpicaban agua sucia. Vacilé aún más, temblando con los pantalones y los zapatos empapados. Era un borrón con un sueño, parada literalmente ante una encrucijada. Soñé con ir a la izquierda en lugar de a la derecha. Me imaginé el té caliente y la ropa seca. Quería ir a casa, quería sentarme en la ducha durante una hora, hervirme la sangre.

No podía.

No podía faltar a clase porque ya había faltado un día el mes anterior y dos ausencias me bajarían la calificación y afectarían a mi nota media, lo que afectaría a mi madre y rompería la regla más importante que me había establecido en la vida: ser una niña tan inocua que llegara a desaparecer. Todo era por mi madre, por supuesto; tenía sentimientos encontrados en cuanto a mi padre, pero no quería que mi madre llorara. No por mí. Ya lloraba bastante por todo el mundo en esos tiempos.

Me pregunté si miraría por la ventana y se acordaría en un extraño momento de su hija pequeña, de mi peregrinación hasta clase de cálculo. Sabía que mi padre no lo haría. Estaría durmiendo o viendo reposiciones de *Hawaii 5.0* en una tele enganchada a una pared divisoria. A mi hermana no le importaría nada. Y no conocía a nadie más que pudiera venir a por mí.

Mi madre lo habría hecho el año anterior.

El curso anterior se habría sabido mi horario. Habría llamado, habría preguntado cómo estaba, habría amenazado a mi hermana con violencia por abandonarme a la intemperie. Pero tras la muerte de mi hermano, el alma de mi madre había sido reorganizada y su esqueleto, reconfigurado. Las aplastantes oleadas de dolor que me habían ahogado a mí estaban empezando a disminuir lentamente, pero mi madre… Más de un año después, todavía parecía un trozo de madera a la deriva, flotando en las aguas frescas y puras de la agonía.

Así que me había convertido en un fantasma.

Había logrado reducir toda mi persona a un fiasco tan insignificante que mi madre ya casi nunca me preguntaba nada. No se daba cuenta de que estaba ahí. Me dije a mí misma que estaba ayudándola, dándole espacio, convirtiéndome en una hija menos por la cual preocuparse… Mantras que me ayudaban a ignorar el dolor agudo que acompañaba el triunfo de mi acto de desaparición.

Esperaba estar en lo cierto.

Una ráfaga de aire repentina atravesó las calles y me empujó hacia atrás. No me quedó más opción que agachar la cabeza para luchar contra el viento, lo cual me expuso el cuello a la lluvia. Un árbol tembló sobre mi cabeza y me bajó por la camisa un impresionante torrente de agua helada.

Jadeé audiblemente.

Señor, por favor, pensé. *Por favor, no me dejes morir de neumonía.*

Tenía los calcetines empapados, me castañeaban los dientes y los dedos apretados se me entumecían lentamente. Decidí comprobar el móvil en busca de alguna señal de vida mientras revisaba mentalmente la breve lista de personas a las que podía llamar para pedirles un favor. Sin embargo, cuando me saqué el ladrillo de metal del bolsillo, estaba empapado y parpadeaba. Ya no importaba la neumonía, era más probable que muriera electrocutada. Mi futuro nunca se me había antojado tan brillante.

Sonreí por mi propio chiste y los labios se me curvaron hacia la locura cuando un coche pasó tan rápido que estuvo a punto de bañarme con el agua sucia. En ese momento, me detuve. Me paré y me miré a mí misma en ese estado de anfibio. Tenía un aspecto irreal. No podía ir así al colegio, y aun así lo haría, impulsada por algún escrúpulo mayor, una tontería que le diera sentido a mi vida. De repente, todo me pareció ridículo. Tenía una vida tan ridícula que me reí. Me reí y luego me atraganté por haber aspirado agua. No importaba. No importaba, estaba equivocada. No iba a morir de neumonía ni electrocutada. La asfixia haría que el ángel de la muerte llegara a mi puerta.

Esta vez no me reí.

El coche que había pasado a toda prisa se había detenido en seco. Justo ahí, en mitad de la carretera resbaladiza. Se encendieron las luces traseras blancas y resplandecientes y el coche estuvo al ralentí durante al menos quince segundos antes de tomar una decisión. Los neumáticos chirriaron, recorrió la calle vacía marcha atrás y patinó hasta detenerse aterradoramente a mi lado.

Me había vuelto a equivocar.

Nada de neumonía, electrocución o asfixia… Ese día iba a morir asesinada.

Levanté la mirada hacia el cielo de nuevo.

Querido Dios, no me refería a esto la última vez que hablamos, pensé.

CUATRO

Me quedé inmóvil y esperé a que se bajara la ventanilla, a que determinara mi futuro. Esperé al destino. No pasó nada.

Pasaron los segundos (primero unos pocos y luego muchos) y nada. Nada. El coche plateado estaba parado a mi lado con su carrocería pesada y reluciente goteando constantemente en la penumbra. Esperé a que el conductor hiciera algo. Cualquier cosa.

Nada.

No pude reprimir mi decepción. Durante ese interludio escalofriante, la curiosidad había vencido al miedo, que ahora se parecía peligrosamente a la anticipación. Ese casi desenlace había sido lo más cerca que había estado de sentir emoción alguna desde el día que había creído que mi padre moriría y, además, tenía pinta de que se estaría calentito en el coche. Pensé que al menos moriría sin pasar frío. Seca. Estaba a punto de ignorar lo que me habían dicho durante toda la vida sobre meterme en coches con desconocidos.

Pero esto estaba durando demasiado.

Entorné los ojos por la lluvia. No podía ver gran cosa desde mi posición, solo ventanas oscurecidas y humo saliendo del tubo de escape. Había poca distancia de la acera al vehículo. Me entraron ganas de atravesar esa distancia, de llamar a la ventanilla y pedir una explicación. Me detuve en seco al oír voces amortiguadas.

No estaban hablando… Discutían.

Fruncí el ceño.

Las voces aumentaron de volumen, se volvieron más agitadas. Me acerqué al coche como una luna menguante, con la espalda encorvada contra la lluvia y la cabeza inclinada hacia la puerta del copiloto. No podía estar segura de mi destino ese día, pero si iba a morir asesinada, quería acabar de una vez. Di tres pasos desde la acera, me ajusté el pañuelo empapado y saludé por la ventanilla oscura del coche desconocido. Podría haber sonreído incluso. En el fondo esperaba temblorosa que el conductor no fuera un asesino, sino un amable samaritano. Alguien que me hubiera visto ahogándome y quisiera ayudarme.

El coche se alejó a toda velocidad.

Sin previo aviso, forzando demasiado el motor, se alejó y me salpicó de nuevo con agua mugrienta. Me quedé ahí, empapada en la acera, con la piel ardiendo por una vergüenza inexplicable. No le veía el sentido. No entendía que un asesino acabara de evaluarme y rechazarme. Un dúo de asesinos, incluso.

Se me pasó brevemente por la cabeza que el coche me era familiar, que tal vez conociera al conductor. Ese pensamiento no me resultaba reconfortante, pero aun así me aferré a él, aunque en estos momentos no podía investigarlo a fondo para sacar la verdad. Negué con la cabeza y me saqué la hipótesis congelada de la mente. El cielo se estaba volviendo gris y había Honda Civics plateados por todas partes. No podía estar segura de nada.

Levanté un pie y luego el otro.

De entre todos los sonidos posibles, tenía la melodía del Toys R Us en la cabeza, y la tareé mientras caminaba pasando por centros comerciales y gasolineras sin rostro. Seguí tareando hasta que se convirtió en una parte de mí, hasta que fue como la desorientadora música de fondo de una presentación de PowerPoint detrás de mis ojos.

Volví a ver ese Honda Civic cuando por fin llegué a la escuela.

Estaba estacionado en el aparcamiento, y pasé junto a él de camino al edificio principal. La lluvia se había detenido, pero ya casi había oscurecido y yo estaba al borde de la muerte. Solo tenía suficiente materia cerebral funcional para impedir que me castañearan los dientes, pero no pude evitar mirar el Honda Civic mientras caminaba hacia el campus con el cuello girado en un ángulo cómicamente incómodo. Estaba intentando mirar el coche más de cerca, pero el cielo parecía haberse hundido y sentado en el suelo. Todo era gris. También la gente. Me movía a través de una niebla pegajosa sin ver realmente hacia dónde iba.

Metáforas por todas partes.

Intenté no pensar en el dolor de cabeza ni en el tinte azulado de mi piel. Intenté concentrarme pese a la niebla. Ahora quizás más que antes quería entender qué había pasado. Quería saber quién conducía ese coche y si realmente conocía al conductor. Estaba intentando comprender por qué se había parado el vehículo y no me habían asesinado. Estaba tratando de suprimir el pánico que sentía en el pecho y que hacía que me preguntara si me estaban siguiendo.

Entonces me caí.

Había unas escaleras que llevaban a la escuela, unas escaleras que había subido miles de veces y que ese día, no vi. En lugar de eso, me derrumbé sobre ellas, me dañé la piel y los huesos e intenté sostenerme con manos resbaladizas. Mi cabeza apenas rozó la piedra y di las gracias por ello, pero me había golpeado la rodilla con bastante fuerza y sentía que estaba sangrando.

Me giré sobre mi espalda, sobre la mochila, y cerré los ojos. El viento patinaba sobre los relieves de mi rostro y me enfriaba la ropa húmeda. No podía dejar de reír. Mis carcajadas eran mudas, de esas que solo revelaban la curva de mi sonrisa y el temblor de mis hombros. El dolor me atravesó la pierna, lo sentí en el cuello. No quería levantarme. Quería quedarme ahí tumbada hasta que alguien me recogiera y me llevara lejos de ahí.

Quería a mi madre.

Dios mío, pensé. *¿Por qué? ¿Por qué, por qué, por qué?*

Suspiré y abrí los ojos hacia el cielo. Con un único y hercúleo esfuerzo, me levanté. No iba a ir a clase esa noche. Pero tampoco iba a ir a casa.

Decidí quedarme un rato ahí, sumida en mis fracasos. Había sido un día decepcionante en muchos sentidos y resolví que lo mejor sería hacer todo lo posible por echar esas veinticuatro horas a la basura y empezar de cero el día siguiente. Pensé que debería aprovechar la lluvia, mi ropa destrozada, la calma, el silencio y la oportunidad de pecar en paz.

CINCO

El colegio estaba bastante bien iluminado por la noche, lo suficiente para ver sin ser vista. Encontré mi lugar habitual, dejé la mochila empapada sobre el asfalto mojado y rebusqué entre mis cosas con las manos temblorosas.

Fui despiadada con mis manos.

Me raspé los nudillos con la piedra, me hice sangre; me corté las palmas con el cartón, me hice sangre. Me metí las manos en los bolsillos y contuve la respiración mientras me palpitaban de dolor. No me vendé los cortes. Ignoré las quemaduras. Cuando me miré las manos, vi evidencias de mi situación: magulladuras sin atender, arañazos sin curar.

Pasaba desapercibida en los peores sentidos.

Por lo que respectaba al mundo en general, destacaba tanto como un pulgar. Mi presencia solo se hacía de notar ocasionalmente y eso era únicamente porque a la gente mi rostro le resultaba familiar. Familiar en el mismo sentido que el miedo, familiar como el temor. En cualquier sitio al que iba, había desconocidos mirándome con los ojos entornados y con las mentes funcionando durante medio segundo antes de meter a toda mi persona en una caja y cerrarla con cinta adhesiva.

Los adultos siempre me estaban buscando (¿por qué?) para plantear de manera directa y específica preguntas sobre relaciones internacionales como si yo fuera una especie de representante de mis padres, de su país de origen y de alguna respuesta más amplia a una cuestión desesperada. Como si mi cuerpo de diecisiete años fuera lo bastante mayor para entender las complejidades de toda esta situación, como si fuera una política experimentada cuya tenue conexión con un país de Oriente Medio al que rara vez iba me convirtiera de repente en una experta en el tema. No sabía cómo decirle a la gente que ese día era tan estúpida como el anterior y que me pasaba la mayor parte del tiempo pensando en cómo mi vida se estaba desmoronando de formas que no tenían nada que ver con las noticias. Pero había algo en mi hiyab que hacía que la gente ignorara mi edad, que me hacía parecer una presa fácil.

Al fin y al cabo, estábamos en guerra con gente que se parecía a mí.

Desenterré el periódico y los cigarrillos mojados, me puse uno entre los dientes, dejé el periódico en mi regazo y volví a cerrar la cremallera de la mochila. Estiré la pierna herida con una mueca mientras buscaba el mechero en mi bolsillo.

Me llevó varios intentos, pero cuando el butano por fin se encendió, me tomé un minuto para admirar la llama. Había hecho girar la ruedecita tantas veces que me había dejado marca en la yema del pulgar.

Tomé una profunda calada, la contuve, la exhalé, me recosté y miré hacia arriba.

No podía ver las estrellas.

Por una parte, fumar no estaba bien. Fumar mataba. Era un hábito horrible y repugnante que no toleraba.

Por otra parte...

Dios mío, pensé exhalando el veneno. *¿Podrías matar ya a mi padre? No puedo con el suspense.*

Recogí el periódico y me fijé en el titular emborronado.

Cuando leía el periódico me veía a mí misma, a mi familia y a mí retratados en el espejo de un laberinto de espejos distorsionados. Sentía que la desesperación me crecía cada día en mi pecho, la desesperación por contárselo a alguien, por sacudir a un desconocido, por plantarme en un banco del parque y gritar...

«No existen los terroristas islámicos».

Era moralmente imposible, filosóficamente imposible, ser musulmán y terrorista al mismo tiempo. No había nada en el islam que tolerara quitar vidas a inocentes. Y, aun así, ahí estaba esa misma combinación cada día: terrorista musulmán. Terrorista islámico.

Nuestro presidente había dicho que Oriente Medio era el eje del mal.

Veía el peligro latente en la narración, la caricatura en la que nos estábamos convirtiendo. Dos mil millones de musulmanes solidificándonos rápidamente en una masa aterradora y sin rostro. Nos estaban despojando de la gradación, de la complejidad. Los noticiarios nos convertían en monstruos, lo que hacía que fuera mucho más fácil asesinarnos.

Sostuve el cigarrillo entre el índice y el pulgar y lo levanté contra el cielo. Odiaba lo mucho que disfrutaba de ese pasatiempo asqueroso. Odiaba que pareciera calmarme, acompañarme en mis peores momentos. Ya empezaba a sentir la presión aflojándose en mi pecho, y disfruté de la sensación cerrando los ojos mientras tomaba otra calada. Esta vez, exhalé el humo hacia el periódico húmedo. El artículo hablaba sobre la imprudencia de nuestros ataques aéreos a municipios afganos, sobre cómo nuestra inteligencia militar parecía cuestionable. Cientos de afganos inocentes estaban siendo asesinados mientras intentaban encontrar a miembros de al-Qaeda que nunca aparecían. Había leído el último párrafo mil veces.

«Los estadounidenses cometen errores continuamente», dijo el señor Khan, cuyos hijos Faizullah y Obeidullah, de 8 y 10 años, habían sido asesinados. «¿Qué tipo de al-Qaeda son? Mira sus zapatitos y sus sombreros. ¿Acaso son terroristas?».

—Vaya.

La voz provenía de la niebla, del especio exterior. Fue solo una palabra, pero me sorprendió por su peso y profundidad, por su plenitud. Llevaba horas sin hablar con nadie más allá del agente de policía y parecía haber olvidado cómo sonaban las voces.

Me atravesó una oleada de nervios.

Rápidamente, apagué el cigarrillo, pero sabía que era demasiado tarde, que no había modo de negar nada de esto. Cumpliría dieciocho años en seis semanas, pero ahora nada de eso importaba. En ese momento tenía diecisiete y lo que estaba haciendo era ilegal. Una estupidez.

Pero el desconocido se rio.

Se rio y mi miedo se paralizó, se me calmó el corazón. Experimenté una sensación de alivio durante dos segundos enteros antes de captar un vistazo de su rostro. Se había colocado bajo la luz de una farola, y cuando enfoqué y desenfoqué los ojos, el corazón estuvo a punto de salírseme del cuerpo. En ese momento sentí… supe que, de algún modo, no sobreviviría intacta a esa noche.

No dejaba de reírse.

—Mi querida hermana en el islam —dijo fingiendo horror—. *Astaghfirullah*. Menuda vergüenza.

La humillación era una sustancia química poderosa. Me disolvía los órganos y hacía que se me evaporaran los huesos. Me sentía como despojos de carne desparramados sobre el cemento.

Él no pareció darse cuenta.

Se llevó una mano al pecho y continuó el espectáculo:

—Una hermana pequeña con hiyab —dijo chasqueando la lengua—. Sola a estas horas de la noche. Fumando. ¿Qué dirían tus pa…? —Titubeó—. Un momento, ¿eso es sangre?

Me miraba la rodilla y el agujero en los pantalones. Una mancha oscura se estaba expandiendo por el tejido.

Dejé caer el rostro en las manos.

Alargó un brazo para buscar el mío, esperando mi cooperación. No cooperé. Se apartó.

—Oye, ¿estás bien? —preguntó en un tono mucho más amable—. ¿Ha pasado algo?

Levanté la cabeza.

—Me he caído.

Frunció el ceño mientras me examinaba. Desvié la mirada. Ahora estábamos bajo la misma franja de luz, su rostro estaba tan cerca del mío que me asustaba.

—¡Jesús! —dijo en voz baja—. Mi hermana es una imbécil.

Lo miré a los ojos.

Tomó aire bruscamente.

—Vale, te llevo a casa.

Eso hizo que mi cerebro entrara en acción.

—No, gracias —dije rápidamente.

—Vas a morir de una neumonía —dijo—. O de cáncer de pulmón. O de depresión —agregó negando con la cabeza con desaprobación—. ¿De verdad estás leyendo el periódico?

—Me ayuda a desestresarme.

Se rio.

Se me tensó el cuerpo al oírlo. Los recuerdos abrieron el suelo bajo mis pies y desenterraron viejos ataúdes y cadáveres de emociones. Llevaba sin hablar con él más de un año, no habíamos estado tan cerca durante todo ese tiempo y no estaba segura de que mi corazón pudiera soportar estar a solas con él ahora.

—Ya tengo quien me lleve —mentí mientras me levantaba a trompicones. Me tropecé y jadeé. La rodilla herida me dolía horrores.

—¿De verdad?

Cerré los ojos. Intenté respirar con normalidad. Sentí el peso de mi móvil apagado en el bolsillo. El peso de todo el día apoyado entre los omoplatos. Estaba congelada. Sangrando. Exhausta.

Sabía que nadie iba a venir a por mí.

Se me hundieron los hombros y abrí los ojos. Suspiré mirándolo de arriba abajo, suspiré porque ya conocía su aspecto. Una espesa cabellera castaña tan oscura que era casi negra. Ojos marrón intenso. Barbilla fuerte. Nariz afilada. Una estructura ósea excelente. Pestañas, pestañas, pestañas.

Un persa clásico.

Volteó los ojos ante mi indecisión.

—Por cierto, soy Ali. No sé si me recuerdas.

Sentí una chispa de ira.

—No tiene gracia.

—No lo sé —dijo apartando la mirada—. A mí sí que me hace un poco de gracia.

Sin embargo, su sonrisa se había desvanecido.

Ali era el exmejor amigo de mi hermano mayor. Él y su hermana Zahra eran las dos personas en las que no quería pensar. Mis recuerdos sobre ellos estaban tan saturados de emociones que apenas podía respirar al pensar en ellos, y encontrarme de cara con mi pasado no ayudaba a lo que sentía en el pecho. Incluso ahora apenas era capaz de mantener el control al tener los sentidos tan asaltados solo de verlo.

Era casi una crueldad.

Ali tenía, entre otras cosas, el tipo de belleza que trascendía los círculos sociales insulares frecuentados por la mayoría de los miembros de las comunidades de Oriente Medio. Tenía el tipo de apariencia que lograba que las personas blancas olvidaran que se juntaba con terroristas. Era el tipo de chico de piel oscura que encandilaba a las madres de la Asociación de Familias de Alumnos, deslumbraba a profesores que podían ser racistas con otra gente e inspiraba a los demás a querer aprender un par de cosas sobre el Ramadán.

Hubo un tiempo en el que odié a Ali. Lo odié por cruzar tan fácilmente la línea que separaba ambos mundos. Lo odié porque no parecía pagar un precio por su felicidad. Pero luego, durante un tiempo, no lo odié.

No lo odié en absoluto.

Suspiré. Mi cuerpo agotado tenía que apoyarse en algo o empezar a moverse y no parar nunca, pero no podía hacer ninguna de las dos cosas. En lugar de eso, me senté de nuevo y me acurruqué sobre el cemento con toda la gracia de un ternero recién nacido. Recogí el mechero olvidado del suelo y pasé el pulgar por encima. Ali se había quedado paralizado los últimos treinta segundos. Silencioso.

Así que hablé yo:

—¿Ahora vienes a clase aquí?

Estuvo callado un momento largo hasta que exhaló y pareció volver en sí mismo. Se metió las manos en los bolsillos.

—Sí.

Ali era un año mayor que yo, y estaba convencida de que se había ido a otro estado para estudiar en la universidad. Zahra casi nunca me contaba detalles sobre la vida de su hermano y yo tampoco me atrevía a preguntar, así que lo había asumido. El Ali al que conocía era inteligente sin esforzarse y tenía grandes planes para el futuro. No obstante, sabía lo rápido que podían cambiar las cosas. Mi propia vida no tenía nada que ver con la del año anterior. Lo sabía y aun así no pude evitar decir:

—Creía que te habrías ido a Yale.

Ali se dio la vuelta. La sorpresa se reflejó en su mirada durante un breve instante antes de que sus ojos volvieran al negro. Volvió a apartar la mirada y la dura luz de la farola lo recompensó delineando sus facciones con preciosas líneas doradas. Tragó saliva, un gesto leve y casi imperceptible que me atravesó el corazón con una flecha de sentimientos.

—Sí —respondió—. Fui.

—¿Entonces por qué…?

—Oye, no quiero hablar del año pasado, ¿vale?

—Ah. —De repente, tenía el corazón acelerado—. Vale.

Respiró hondo y exhaló, liberando tensión.

—¿Cuándo empezaste a fumar?

Dejé el mechero.

—Yo tampoco quiero hablar del año pasado.

Me miró durante tanto tiempo que pensé que podría matarme. En voz baja, dijo:

—¿Qué estás haciendo aquí?

—Vengo a clases aquí.

—Eso lo sé. Me refería a qué estás haciendo *aquí*. —Señaló el suelo con la cabeza—. Empapada y fumando.

—Un momento, ¿cómo sabes que vengo aquí a clase?

Ali apartó la mirada y se pasó una mano por el pelo.

—Venga, Shadi.

Se me quedó la mente en blanco. De repente, me sentía estúpida.

—¿Qué?

Se giró para mirarme.

Me miró a los ojos con un aire descaradamente desafiante, casi retándome a apartar la mirada. Sentí el calor de esa mirada en la sangre. Lo sentí en las mejillas, en la boca del estómago.

—Pregunté —contestó.

Fue tanto confesión como condena. Sentí el peso de esa palabra de inmediato. De pronto, me quedó claro que le había preguntado a Zahra por mí, por mi vida… incluso ahora. Después de todo.

Yo no lo había hecho. Había intentado olvidarlo por completo y no lo había logrado.

—Mira —dijo, pero con voz más fría—. Si ya tienes cómo volver a casa, te dejaré sola. Pero si no, deja que te lleve. Estás sangrando. Estás temblando. Tienes un aspecto horrible.

Abrí los ojos de par en par ante el insulto antes de que la parte racional de mi cerebro tuviera la oportunidad de procesar el contexto, pero Ali registró su error inmediatamente y se apresuró a añadir:

—No quería… Ya sabes a qué me refería. No estás horrible. Estás… —Vaciló con la mirada fija en mi rostro—. Igual.

Sentí que la muerte florecía en mi pecho. Siempre había sido de esas cobardes que no pueden sobrevivir ni a la más vaga sugerencia de cumplido.

—No. Tienes razón. —Me señalé a mí misma—. Parezco un gato ahogado.

No se rio.

Recientemente, había descubierto que había personas que me consideraban guapa. Sobre todo, madres. Las madres de la mezquita me adoraban. Creían que era guapa porque tenía los ojos verdes y la piel blanca, porque una gran parte de la gente de Oriente Medio era racista. No eran conscientes de esa realidad, no tenían ni idea de que su descarada preferencia por las facciones europeas era vergonzosa. Hubo un tiempo en el que me sentía halagada por este tipo de elogios hasta que aprendí a leer libros de historia. Más allá de este grupo selecto de madres sin discernimiento, solo había habido una persona que me había llamado guapa… y estaba justo delante de mí.

Me puse en pie con algo de dificultad. Había empezado a pasárseme el dolor de la rodilla, pero ahora tenía el cuerpo rígido. Flexioné las articulaciones con cautela. Me froté los codos.

—Vale —dije finalmente—. Te agradecería que me llevaras.

—Sabia decisión.

Ali se alejó y lo seguí.

Me condujo directamente a su coche sin mirar atrás y, de repente, estaba justo ahí, delante de mí: el Honda Civic plateado que había visto antes.

El que había estado a punto de matarme.

EL AÑO ANTERIOR

SEGUNDA PARTE

Casi había olvidado mis preocupaciones por la sudadera. Las temperaturas habían caído tanto que me habían obligado a dejar a un lado mis reservas y agradecer esa capa de tela adicional.

Me estremecí cuando sonó el timbre del almuerzo.

Me levanté, recogí mis cosas y me colgué la mochila. Hacía mucho más calor dentro del colegio que fuera, pero incluso con el calor artificial seguía incómoda, así que me acurruqué en el suave tejido. Atravesé el pasillo lleno de gente, me cubrí las manos con las mangas demasiado largas y me crucé de brazos sobre el pecho. Parecía poco probable que la sudadera perteneciera a alguien que no fuera Mehdi, pero aun así… ¿quién iba a saberlo? Era la variedad más corriente de sudadera negra. Definitivamente, le estaba dando demasiadas vueltas.

Aun así, no podía negar el escalofrío que sentí al pensar en la alternativa: que la sudadera fuera de otra persona, de alguien que conocía, alguien que estaba estrictamente fuera de los límites.

Respiré entrecortadamente.

Zahra y yo solo teníamos una clase juntas ese semestre y como yo había llegado tarde por la mañana, todavía no nos habíamos cruzado. Nuestros padres seguían compartiendo coche un par de días a la semana, pero nuestros horarios antes sincronizados habían empezado a separarse lentamente y no estaba segura de qué significaba eso para nosotras. Sobre todo, sentía incertidumbre.

Cada día parecía que ambas estuviéramos al borde de algo, algo que no era necesariamente bueno, y eso me ponía nerviosa. A menudo sentía que tenía que andarme con pies de plomo con Zahra, nunca estaba segura de qué la molestaría, nunca sabía qué tipo de turbulencia emocional podía introducir en mi día. Hacía que todo pareciera un examen.

No sabía cómo arreglarlo.

No sabía qué decir sobre la tensión que había entre nosotras sin sonar acusatoria. O peor, me preocupaba que pudiera aprovechar cualquier desaire que percibiera como una excusa para alejarme. Había mucha historia entre nosotras (capas y capas que atesoraba) y no quería perder lo que teníamos. Solo quería volver atrás, a las versiones de nosotras mismas que no se incendiaban cuando chocaban.

Grité.

Alguien había chocado conmigo, sacándome a mí de mi cabeza y al aire de mis pulmones. El desconocido murmuró una disculpa falsa y pasó de largo. Negué con la cabeza y decidí dejar de luchar contra la marea. Necesitaba dejar unos libros en la taquilla antes de unirme a Zahra en nuestro lugar habitual, pero parecía que todo el instituto había tenido la misma idea. Todos íbamos a las taquillas.

Seguía moviéndome a paso glacial cuando noté una suave presión en la parte baja de la columna. Sentí el calor de su mano incluso a través de la sudadera, sus dedos rozándome la cintura al apartarse. Ese simple contacto fue como una cerilla obre mi piel.

—Hola —dijo, pero no me estaba mirando. Le sonreía a la multitud, vigilando a dónde iba.

—Hola. —Ya había olvidado el frío que tenía.

Ali miró en mi dirección. Su mano me había abandonado, pero se inclinó hacia mí (sin mirarme a los ojos) para preguntarme:

—¿Llevas mi sudadera?

Me quedé petrificada en el sitio. Experimenté al mismo tiempo dos ráfagas igual de intensas de placer y de vergüenza y luego, por encima de estas…

Pánico.

Finalmente, se despejó el atasco. Habíamos llegado a mi taquilla. Dejé la mochila en el suelo, me giré para mirarlo, sentí la puerta de metal en los omoplatos. Ali me estaba observando con una expresión extraña en el rostro, parecida al deleite.

—No sabía que fuera tuya —dije en voz baja—. Se la encontró mi madre en su furgoneta.

Tocó uno de los cordones azul eléctrico y se lo enrolló alrededor del dedo.

—Sí —dijo mirándome a los ojos—. Es mía.

Una oleada de calor me coloreó las mejillas y cerré los ojos como si eso pudiera cambiar algo, como si así pudiera impedir que ambos lo viéramos.

—Lo siento —murmuré—. No lo sabía.

—Oye, no te disculpes, no...

Con cuidado, sin moverme el pañuelo, me quité la sudadera por la cabeza y se la di. Prácticamente se la lancé.

—Shadi. —Frunció el ceño e intentó devolvérmela—. No me importa que la lleves. Puedes quedártela.

Negué con la cabeza. No sabía cómo decir algo sin decirlo todo.

—No puedo.

—Shadi. Vamos.

Me di la vuelta. Introduje la combinación de la taquilla. Sin decir nada, abrí la mochila y dejé los libros.

Ali se acercó y colocó la cabeza junto a mi hombro.

—Quédatela —insistió. Su aliento me acarició la mejilla—. Quiero que te la quedes.

Sentí que se me tensaba el cuerpo con un dolor conocido, un miedo conocido. No podía moverme.

—¡Eh!

Me enderecé al oír la voz de Zahra.

—Hola —la saludé, obligándome a hablar. Ahora tenía el corazón acelerado por motivos totalmente nuevos.

Zahra se acercó.

—¿Qué estáis haciendo? —A continuación, se giró hacia mí con una especie de carcajada—. ¿Por qué le has dado tu sudadera a mi hermano?

—Ah. Mi madre se la ha encontrado en la furgoneta esta mañana.

Zahra frunció el ceño. No le había dado exactamente una respuesta.

—Eh… creía que era de Mehdi —me corregí—. Pero es de Ali, se la estaba devolviendo.

Zahra miró a Ali, quien mostraba una expresión cerrada. Su hermano me miró, se pasó una mano por el pelo y se colocó la sudadera debajo del brazo.

—Nos vemos después —dijo a nadie en particular antes de desaparecer entre la multitud.

Zahra y yo nos quedamos en silencio observando cómo se marchaba. El corazón no dejó de latirme a toda velocidad. Me sentía como si estuviera a tiempo real delante de una bomba de relojería.

Bum.

—¿Qué demonios ha sido eso, Shadi?

Intenté explicarme:

—No sabía que era suya. Se me había hecho tarde, había olvidado la chaqueta y…

—Tonterías.

—Zahra. —El corazón me latía con fuerza—. No miento.

—¿Cuánto tiempo llevas haciendo esto?

—¿Qué? ¿Haciendo el qué?

—Esto, Shadi, esto. Enrollándote con mi hermano.

—¿Enrollándome con…? —Parpadeé. Me daba vueltas la cabeza—. No estoy…

—¿Es lo que estabais haciendo anoche? ¿Saliste con mi hermano?

Negué con la cabeza, convencida de que estaba viviendo una especie de pesadilla.

—Estaba haciendo los deberes de física.

—Por Dios, eres increíble —dijo—. Increíble, joder.

Algunas cabezas se giraron por segunda vez. La gente siempre se sorprendía al oír a una chica con hiyab diciendo palabrotas en voz alta en el pasillo.

Bajé la voz unas cuantas octavas intentando compensarlo.

—No hay literalmente nada entre Ali y yo. Lo juro por Dios. Lo juro por mi vida.

Zahra seguía pálida y mirándome fijamente con la mandíbula tensa. Al menos, había dejado de gritar, lo que me permitió albergar esperanza.

—Lo juro —insistí intentándolo de nuevo—. No tenía ni idea de que la sudadera fuera suya. Ha sido una mañana de locos, tenía tanta prisa que se me ha olvidado agarrar la chaqueta y mi madre ha encontrado su sudadera en el coche. Ali se la dejaría allí algún día. Todas creíamos que era de Mehdi.

Zahra me miró largamente y, a pesar de que era yo la que estaba conteniendo el aliento, finalmente fue ella la que exhaló.

Lenta, muy lentamente, la tensión abandonó su cuerpo.

Cuando se le pasó el enfado, pareció que estaba a punto de llorar.

—¿De verdad que no te has enrollado con mi hermano?

—Vamos, Zahra. ¿Te imaginas? Escucha lo que dices.

—Lo sé, lo sé. —Resopló y se secó los ojos—. Uf, lo siento. Tienes razón. Lo siento. Él nunca se interesaría por alguien cómo tú.

—Exacto. —¿*Qué*?

—No te ofendas. —Me miró—. Pero no eres para nada su tipo.

Intenté sonreír.

—No soy el tipo de nadie. La mayoría de la gente me mira y sale corriendo y gritando en la dirección opuesta.

Se rio.

Solo bromeaba en parte.

De repente, Zahra se llevó las manos a la cara.

—Lo siento, solo… —Suspiró. Negó con la cabeza—. Lo siento.

—Oye —dije estrechándole el hombro—. ¿Podemos olvidar todo esto? ¿Por favor? Vamos a comer algo.

Respiró hondo. Soltó el aire.

Nos marchamos.

Más tarde, me di cuenta de que no había llegado a responder a mi pregunta.

DICIEMBRE DE
2003

SEIS

No podía creerlo.

Dejé un amplio margen con el coche plateado, no quería acercarme más. El viento soplaba contra mis piernas, el frío me entraba por las mangas, pero yo estaba congelada, pasando la mirada de él al Honda.

Por fin, por fin Ali se giró para mirarme.

—¿Eras tú? —preguntó.

Tuvo la decencia de mostrarse avergonzado.

—Mi hermana viene a clases de química aquí un par de noches a la semana.

Ya lo sabía.

—Mi madre me obliga a traerla.

Eso era evidente.

—Te he visto ahogándote en la lluvia y quería ofrecerme a acompañarte —dijo yendo al grano finalmente.

—Pero no lo has hecho.

Inhaló profundamente.

—Zahra no me ha dejado.

Bajé la mirada a mis zapatos, a los restos de una hoja que había quedado atrapada entre los cordones.

Estaba desconcertada.

—Ni siquiera llevabas paraguas —continuó Ali—. Pero ella… no sé. No lo he entendido. Sigo sin comprender qué pasó entre vosotras.

Era demasiado. Demasiado que asimilar.

Unos meses antes, cuando le habíamos declarado oficialmente la guerra a Irak, muchos de mis amigos se habían echado a llorar. Yo también estaba devastada, pero había mantenido la cabeza gacha. No había discutido con gente que no parecía entender que Arabia Saudí, Afganistán e Irak eran países muy diferentes. No había dicho nada cuando habían llamado a mi profesor de historia a la unidad de reserva del ejército, no había dicho nada cuando me había mirado fijamente mientras lo anunciaba.

No sabía por qué me había mirado a mí.

Había sido como si esperara algo de mí, o bien una disculpa o bien una muestra de gratitud, no estaba segura. Solo había escrito mi nombre en la tarjeta que le dimos en su despedida.

Los crímenes de odio iban en aumento.

Las comunidades musulmanas vivían un tormento. Las mujeres se quitaban el pañuelo, los hombres se cambiaban el nombre. La gente estaba asustada. Ponían micrófonos en nuestras mezquitas, les prendían fuego. El mes pasado habíamos descubierto que el hermano Farid (el chico que siempre se ofrecía voluntario, que siempre ayudaba, un joven tan querido que había sido invitado a un buen puñado de bodas el año anterior) era un agente encubierto del FBI.

Corazón roto.

Era una época de cambios, de turbulencias, de arenas movedizas. La gente se estaba haciendo un nombre, incluso los adolescentes más inútiles se convertían en activistas y abogados del cambio. Hasta ahora, nadie se había unido a organizaciones de base ni habían convocado conversaciones de paz.

Me estaba hartando de todo el mundo.

Odiaba la falsedad en la mezquita, las competiciones para mostrar piedad frente a la persecución. Odiaba los chismes que pretendían avergonzar a las mujeres que se habían quitado el hiyab. La gente era especialmente cruel con las mujeres mayores, decían que todas eran más feas sin sus pañuelos, decrépitas. ¿Qué sentido tenía quitárselo a esas edades? La gente preguntaba y se reía como si las motivaciones de las mujeres para ponerse un hiyab tuvieran algo que ver con el hecho de intentar ser más o menos atractivas. Como si alguien tuviera algún derecho a juzgar el miedo de otra persona.

Zahra se había quitado el pañuelo.

Zahra, que llevaba años siendo mi mejor amiga. Hacía dos meses que había dejado de llevar hiyab y también había dejado de hablarme. Me había apartado de su mundo, me había destrozado el corazón sin darme explicaciones. Ni siquiera me miraba en el instituto, no quería que la relacionaran conmigo. Desde fuera, sus razones parecían obvias.

Yo sabía la verdad.

Sabía que Zahra no había echado por la borda seis años de amistad solo por un cambio radical. Había escondido la verdad en otra verdad, los motivos de nuestra separación eran como un conjunto de muñecas rusas. Pero esto, lo de esta noche, descubrir que albergaba ese odio hacia mí, ese tipo de ira…

Sentía que estaba a punto de vomitar.

—Lo siento mucho —dijo Ali y titubeó—. En realidad, no sé por qué me estoy disculpando. Yo no he hecho nada malo.

—No —contesté—. No lo has hecho.

Algo húmedo me aterrizó en la mejilla y miré hacia arriba pestañeando contra la inesperada llovizna. Un fuerte ráfaga de viento agitó un montón de hojas secas que me dieron en los tobillos. Olía a descomposición.

—Deberíamos irnos —dijo Ali siguiendo la dirección de mi mirada hacia arriba. Tenía una mano en el techo del coche y otra en la puerta del conductor—. No te preocupes por Zahra, ¿vale? Normalmente espero en la biblioteca mientras ella está en clase y adelanto los deberes. Volveré a por ella.

—Vale. —La lluvia me resbalaba por las mejillas, me goteaba por los labios.

No me moví.

Ali se rio y luego frunció el ceño. Me miraba como si hubiera perdido la cabeza.

Tal vez fuera así. Los tentáculos del miedo me habían subido por la garganta y se me habían clavado en el cerebro. Me había convertido en piedra. De repente lo sentí como una bala en el pecho, fría, sólida y real...

Algo horrible había pasado.

—¿Estás bien? —Ali abrió la puerta del conductor, la lluvia golpeaba el coche de lado—. En serio, siento mucho lo de mi hermana. Creo que ahora está pasando por muchas cosas.

Oí un móvil sonando a lo lejos, a kilómetros de distancia.

—¿Es tuyo? —pregunté.

—¿Qué? —Cerró la puerta del coche—. ¿El qué?

—El móvil que está sonando.

La arruga de su ceño se profundizó, un surco que mostraba irritación.

—Mi móvil no está sonando. No hay ningún móvil sonando. Escucha...

Estaba mirando el limpiaparabrisas del Honda Civic plateado de Ali cuando mi móvil apagado sonó con un estrépito que desgarró la noche y mi parálisis.

Respondí.

Al principio, no podía oír la voz de mi hermana. Solo oía los latidos de mi corazón, el viento. Oí mi nombre la tercera vez que lo gritó, oí todo lo que dijo después. Mi hermana estaba histérica, gritaba pensamientos a medio formar e información incompleta en mi oído. Intenté escuchar, intenté plantear las preguntas adecuadas, pero se me cayó el móvil de la mano temblorosa y se rompió cuando golpeó el suelo.

Me había quedado ciega. Oía mi propia respiración bien fuerte en la cabeza, oía el movimiento rápido de la sangre en mis venas.

Ali no llegó a tiempo a sostenerme antes de que me cayera. Se lanzó al suelo medio segundo después y me sostuvo la cabeza antes de que me la rompiera. Me decía algo, gritaba algo.

Dios, por favor, pensé. *Señor*, pensé. *Señor, por favor*, pensé.

—¿Shadi? Shadi...

Volví a mi cuerpo con un jadeo repentino. Me senté sobre mis piernas temblorosas, me estabilicé con mis brazos trémulos. Mis ojos habían enloquecido, lo sentía, sentía que se dilataban, se movían de un lado a otro, no enfocaban nada.

—¿Qué pasa? —preguntó—. ¿Qué ha pasado?

Estaba mirando al suelo.

Lo recuerdo, recuerdo cómo brillaba el suelo mojado bajo la farola. Recuerdo el olor de la tierra, la presión de la seda húmeda en mi mejilla. Recuerdo cómo se movían las ramas y cómo lo hacía mi cuerpo.

—Necesito que me lleves al hospital —dije.

SIETE

li no me miró mientras conducía. No dijo nada.
No sentía sus ojos sobre mí, no lo sentía moverse
más de lo que era absolutamente necesario para llevar a cabo su tarea.

Me miré.

De algún modo, me había multiplicado. Había una versión de mí sentada en el asiento del copiloto y otra corriendo
junto al coche, mirando por la ventanilla.

Lo primero que descubrí fue el corte en la barbilla. Piel
recién raspada, sangre roja manchándome la mandíbula. El
pañuelo de seda, que antes había sido de color verde pálido y
brillante, ahora era oscuro y mate y lleno de manchas de agua.
Había elegido este porque sabía que me quedaba bien con los
ojos y porque yo era poco práctica. Los pañuelos de seda eran
más típicos de mujeres mayores, pocas chicas de mi edad op-
taban por ese material resbaladizo, preferían tejidos básicos
de algodón o poliéster. Tejidos que se quedaban en el sitio con
poco esfuerzo.

Había sido una idiota en muchos sentidos.

El pañuelo se me había movido tantas veces hacia delante
y hacia atrás que se había arrugado en algunos lugares y estaba torcido. Mi cabello oscuro parecía completamente negro
cuando estaba mojado, y tenía mechones sueltos alrededor de
la cara, rizados por la humedad. Siempre estaba pálida, pero
mi lividez de ese día era mortecina. Tenía una apariencia

cadavérica. Mis ojos se veían más grandes y verdes de lo habitual. Vidriosos.

No creía que fuera fea, pero tampoco creía que fuera digna de mención si no fuera por el verde de mis ojos, por mis iris, por ese verde frío e intenso que todavía no había llegado a florecer. Había heredado ese color de mi padre, y algunos días me costaba no sentir resentimiento hacia ambos.

Fui consciente de mis ojos el año pasado, más o menos cuando mi madre empezó a encerrarse en el armario. Tomé conciencia de ellos porque otros también habían empezado a hacerlo. Mi rostro. Mi cuerpo. Muchas mujeres (siempre mujeres, solo mujeres) hablaban sobre mí, me diseccionaban la piel, la cintura, el tamaño de los pies, la inclinación de la nariz, los ojos, los ojos, los ojos.

Cuando cumplí diecisiete años, ya me había despojado de esa torpeza salvaje que se espera de los adolescentes. Fue la época en la que mi madre no dejaba de llorar, la época en la que me quedaba despierta en la cama rezándole a Dios que matara a mi padre. Dejé de reírme en voz alta, dejé de correr de manera imprudente, dejé de sonreír por lo general.

Me hice mayor.

La gente pensó que estaba creciendo y tal vez fuera así, tal vez crecer fuera eso… Una espiral de incertidumbre hacia una oscuridad llena de dientes.

Mi tristeza me había hecho notable. Hermosa. Me había imbuido de una especie de dignidad, un peso que no podía dejar de soportar. Lo sabía porque lo oía a todas horas, oía a las mujeres mayores de la mezquita que me elogiaban por mis labios silenciosos, mis manos quietas y mi reticencia a sonreír. Me habían declarado una joven recatada, una buena musulmana de piel pálida y ojos claros. Desde entonces, mi madre había recibido cinco propuestas de matrimonio por parte de otras madres con sus hijos mayores detrás de ellas, sonriendo.

Mi madre había amenazado con mudarnos. Había amenazado con dejar la mezquita. Había enviado a las otras mujeres al infierno e había irrumpido en casa dando un portazo. «Solo tiene diecisiete años», había gritado.

Una niña.

No recordaba haber entrado en el hospital. No recordaba haber aparcado ni haber abierto la puerta del coche. No me di cuenta en ese momento de que Ali había entrado conmigo, no dije nada cuando le mintió al personal de enfermería asegurando que sí, que éramos hermanos, y que sí, que la paciente era nuestra madre.

Nuestra madre.

No mi madre. No *mi* madre, no mi *madre*, mi madre, quien se suponía que debía estar en casa mirando la pared o cantando canciones persas horriblemente melodramáticas y desafinadas en la cocina. Mi madre era joven, estaba relativamente sana, no se ponía enferma y nunca se tomaba tiempo libre para sí misma. Eso debía ser un error administrativo, un error cometido por Dios o tal vez por ese tipo, el que llevaba un pijama azul y un cordón de Dora la Exploradora, el que miraba con ojos entornados la pantalla del ordenador buscando el número de habitación de mi madre. Era mi padre el que estaba designado a este sitio, a este destino. Mi padre se había ganado el derecho a ser asesinado por su propio corazón, y yo esperaba con la respiración entrecortada recibir una llamada similar llamándome a acudir a un sitio parecido que ejercería una justicia que llegaba con retraso.

Querido Dios, esto no es nada gracioso, pensé.

Vi a mi hermana en el momento justo en el que el cordón de Dora la Exploradora dejó de moverse de un lado a otro. No lo vi, pero sentí al enfermero levantando la cabeza y diciendo algo… una planta, una habitación.

—¿Dónde diablos estabas? —preguntó Shayda acercándose a mí con su largo pañuelo azul oscuro ondeando a su alrededor.

Tuve un extraño pensamiento cuando la vi moverse, con la larga tela agitándose en el aire. Fue una idea tan rara que estuve a punto de echarme a reír. Quería decirle que parecía una medusa. Tentáculos y elegancia sin corazón.

—¿Dónde está? —pregunté en lugar de eso—. ¿Qué ha pasado?

—Está bien —contestó enseguida mi hermana—. Estamos esperando que acaben con el papeleo y podremos irnos.

Estuve a punto de hundirme en el suelo. Miré a mi alrededor buscando un lugar en el que desmoronarme, un asiento disponible o un rincón vacío, pero solo pude llegar hasta la pared. La miré fijamente. Tenía tanto miedo en la garganta que era incapaz de tragar.

Me giré.

Necesitaba moverme, quería ver a mi madre, quería respuestas y motivos para dormir por la noche, pero mis nervios no se calmaban. Miré a mi hermana con los ojos muy abiertos y con un aleteo en el corazón.

—Eh, ¿estás bien? —murmuró Ali amablemente, recordándome su presencia.

Lo miré, pero no lo vi.

Shayda emitió una especie de sonido con la garganta, algo que expresaba incredulidad. Giré la cabeza y parpadeé. Su irritación se disolvió, cambió al mirarme bien y analizar el desastre.

—¿Por eso no respondías al móvil? ¿Estabas demasiado ocupada haciendo lo que fuera que estuvierais haciendo los dos —le lanzó una mirada asqueada a Ali— como para preocuparte por que tu madre estuviera en el hospital?

—¿Qué? —exclamó Ali dando un paso adelante—. Eso no es...

Seguía mirando a mi hermana cuando levanté una mano para detenerlo. Se suponía que solo debía ser un gesto, una señal, pero él caminó directamente hasta la palma abierta y presionó su amplio pecho contra mi dedos extendidos. Sentí el algodón cálido, un valle poco profundo con superficies blandas y duras.

Aparté la mano.

No nos miramos a los ojos.

—No te preocupes por ella —dije en voz baja.

Mi madre odiaba que mi hermana y yo discutiéramos, así que rara vez mordía el anzuelo últimamente, pero si quitábamos las peleas insignificantes no nos quedaba gran cosa. Cuando no estábamos discutiendo, apenas teníamos motivos para hablar. Siempre pensé que sería bueno ignorarla y, aun así, por algún motivo, mi silencio solo hacía enloquecer a mi hermana. Incluso ahora podía ver que su ira crecía, que se le tensaba el cuerpo.

—¿Qué estás haciendo aquí? —espetó Shayda girándose hacia Ali—. Sabes que la gente podría verte con nosotras, ¿verdad? Podrían pensar que nos conoces. O... —Jadeó—. Podrían pensar que eres musulmán.

Ali frunció el ceño.

—¿Qué estás...?

—Por favor, no la tomes con ella. Limítate a ignorarla, por favor.

Shayda prácticamente explotó.

—¿Cómo que se limite a ignorarme? ¿Cuándo fue la última vez que lo viste en la mezquita, Shadi? ¿Cuándo fue la última vez que nos dirigió la palabra a alguna? ¿O a maman y baba? El mes pasado vio a maman en la tienda y ella solo le habló un minuto o dos, nada más, pero parece ser que fue demasiado. Después de eso, se marchó de la tienda. Salió por la puerta. Abandonó el carrito con la compra en mitad del pasillo para no tener que volver a cruzarse con ella. ¿Te lo puedes creer?

Miré a Ali, pero no me devolvió la mirada. En lugar de eso, clavó la vista en la pared, se quedó observando una pared blanca y brillante con una ira apenas contenida que no sabía que poseía. No podía lidiar con eso ahora. No era el momento.

Mi madre estaba en el hospital.

Me di la vuelta.

—Shayda… Por favor…

—¿Qué haces con él? Ya no se relaciona con gente como nosotras. No es bueno para su reputación.

Sentí a Ali moverse antes de ver su movimiento. Se acercó a mi hermana con una mirada asesina, echando chispas por los ojos. Sabía que estaba a punto de decirle algo y casi grité para adelantarme.

—Para —dije—. Shayda, le estás gritando a la persona equivocada. Por favor. Por favor, dime qué ha pasado. No he entendido lo que me has dicho por teléfono. ¿Está herida? ¿Cómo ha llegado aquí? ¿Has tenido que llamar a una ambulancia?

El miedo entraba y salía del rostro de Shayda, delatándola. Le brillaban los ojos y luego se le apagaban, revelando la guerra que se estaba produciendo en su interior, hasta que se transformó. De repente, se parecía más a mi estúpida hermana: era la hermana a la que quería, aquella por la que me arrancaría una parte de mí, por la que recibiría una bala. La rodeé con los brazos incluso cuando se puso rígida y le di un fuerte abrazo cuando se ablandó. Oí el sollozo en su respiración.

—Sea lo que sea, irá bien —susurré, y ella se estremeció. Se apartó. Se convirtió en una desconocida.

—¿Por qué hueles a tabaco?

El pánico se apoderó de mí.

Miente, me grité a mí misma. *Miente, idiota.*

—Eso es culpa mía —intervino Ali y me giré, asombrada. Su enfado había desaparecido, pero ahora parecía agotado. Como si le hubiera pasado un camión por encima—. He sido yo.

—¿Ahora fumas? —replicó Shayda—. Es asqueroso. Y *haram*.

—¿En serio? —preguntó arqueando las cejas—. Creía que era una zona gris.

La mirada de Shayda se oscureció.

—Lo que sea. Ya puedes irte.

Ali no se movió. Apartó la mirada de Shayda y la pasó por la pared, el techo, el suelo. Pero no se movió.

Me miró.

—¿Estás segura de que quieres que me vaya? ¿Tenéis forma de volver a casa?

—Shayda tiene su coche —explicó.

—¿Y tu padre? ¿Quieres que lo llame?

Todavía lo estaba procesando, seguía intentando encontrar un modo amable de explicarle que probablemente mi padre estaría durmiendo en una habitación muy parecida a la que ocupaba mi madre cuando dijo:

—¿Y qué hay de Mehdi? ¿Ha…?

Ali se quedó paralizado de repente, como si lo hubiera alcanzado un rayo. Lentamente, se pasó ambas manos por la cara.

—Mierda —murmuró. Cerró los ojos con fuerza—. Lo siento. Lo siento.

Shayda se alejó.

Se marchó sin decir ni una palabra, las líneas de su delgada silueta ondulando en la distancia. Yo me había quedado fosilizada en el sitio. Me quedé mirando una única bombilla parpadeante en el pasillo iluminado mucho después de que

ella hubiera desaparecido de mi vista. Mi hermana se equivocaba en muchas cosas, pero al menos tenía parte de razón en
algo: Ali ya no se relacionaba con nosotras.

Fue surrealista cómo sucedió, surrealista lo diferente que
se había vuelto mi vida en su ausencia. Ali, Shayda, Zahra y
yo nos veíamos todos los días. Mi primer año de instituto íbamos todos en el mismo coche, nuestras madres se turnaban
para llevarnos a clase. Cuando Ali y Shayda tuvieron cada uno
su coche propio, se separaron, felices de romper el grupo para
perseguir su independencia. Aun así, mi vida seguía chocando
con la suya. Su vida seguía cruzándose con la mía. Ali y yo
habíamos sido una parte esencial de la vida del otro durante
cinco años hasta que un día, una semana antes de que muriera
mi hermano, todo se rompió entre nosotros. Dejamos de hablarnos cuando empezó mi tercer año, su último año.

De la noche a la mañana, nos convertimos en extraños.

—Shadi.

Levanté la mirada.

—Lo siento —susurró—. He…

Negué con la cabeza demasiado rápido.

—No, Ali. No pasa nada.

Sonreí y me di cuenta de que estaba llorando, lágrimas
lentas sangraban de mis ojos sin sonido alguno. Finalmente,
mis emociones se habían desbordado. No sabía por qué habían elegido ese preciso instante, no sabía por qué iban dirigi-
das a él, pero incluso en ese momento, supe que no podía
hacer nada al respecto, que la imagen debía de ser aterradora.

Ali se mostró sorprendido. Dio un paso adelante.

Me alejé.

OCHO

L a tetera estaba silbando.
La observé fijamente; el vapor se arremolinaba, su cuerpo plateado temblaba sobre el fuego exigiendo atención. Solo teníamos una vieja cocina eléctrica con la pintura blanca desconchada en algunas partes y grasa quemada salpicada sobre los recipientes de acero dentro de los cuales se encontraban los fogones torcidos. Como estaban torcidos, la comida no se calentaba de manera uniforme y era imposible cocinar algo de manera adecuada, lo cual era un motivo secreto de vergüenza en la familia. Lo único que se podía hacer bien era llevar el agua a un punto de ebullición aceptable.

Apagué el fogón. Vertí el agua caliente en una tetera de porcelana con las hojas dentro. La envolví con un paño y la puse a un lado para dejarla reposar. No teníamos un samovar adecuado, así que tendría que bastar con eso.

Oí murmullos de una conversación proveniente del comedor, donde estaban esperando mi madre y mi hermana. No me apetecía nada unirme a ellas, no quería saber sobre qué estaban discutiendo. Me quedé demasiado tiempo en la cocina colocando galletas en un plato y seleccionando vasos para el té.

Mi madre había creído que estaba sufriendo un infarto.

Shayda estaba en casa cuando sucedió y llamó a emergencias. Al parecer, también me había llamado a mí varias veces, pero mi móvil moribundo solo había recibido una llamada. La ambulancia había venido directa a casa por tercera vez en pocas semanas, habían atado a mi madre a una camilla y se la habían llevado. Habían derribado una lámpara y desordenado algunas cosas. También había tierra en la alfombra de las botas de los paramédicos y de su equipo.

La imagen envió un frío estremecimiento a través de mi cuerpo.

Mi madre había creído que estaba sufriendo un infarto y podía entender por qué. Mi padre acababa de tener dos en un mes. Lo había visto y lo había oído describir detalladamente los síntomas y las posibles señales de advertencia.

El médico le había hecho todo tipo de pruebas, pero no había encontrado nada. Había dicho que no había sufrido un infarto.

Había sido un ataque de pánico.

Se pondría bien. Le había dado alguna medicación que sin duda ella habría rechazado si hubiera sabido qué contenía exactamente, pero la había ayudado a calmarse. Había ayudado a relajar el tartamudeo de su corazón.

Por algún motivo, el médico había pensado que yo era la mayor.

Ni siquiera lo había preguntado, simplemente lo había asumido y me había indicado que lo siguiera al pasillo antes de cerrar la puerta tras él. Shayda había ido a acercar el coche. Mi madre estaba poniéndose de nuevo su ropa. El médico hizo una mueca al girarse hacia mí. Hizo una mueca y dijo:

—Eres la hermana mayor, ¿verdad? Oye, tengo que comentarte una cosa sobre tu madre.

Quizás tendría que haberle dicho la verdad. Sin duda, tenía que haber una razón por la que quería hablar con la hija mayor, seguramente algún motivo moral o psicológico por el que yo, como hija menor, no estaba cualificada para escuchar. Pero mi curiosidad aterrada no iba a permitir que me alejara de una oportunidad de saber más sobre mi madre. Quería saber qué le estaba pasando. Necesitaba saberlo.

En un primer momento, el médico no dijo nada.

Finalmente, suspiró.

—Me he dado cuenta de que tu padre también está aquí, en el hospital.

—Sí.

Intentó sonreír.

—¿Estás bien?

Noté que el calor me subía por la garganta, se me acumulaba en las cuencas de los ojos y me quemaba el paladar. Tragué saliva. Y otra vez.

—Sí —contesté.

El médico bajó la mirada al portapapeles que llevaba y volvió a levantarla. Suspiró una vez más.

—¿Tu madre tiene historial de depresión?

Yo parpadeé mirando al médico, al pelo negro que le crecía por la nuca, a la mascarilla quirúrgica que llevaba guardada en el bolsillo de la bata. Llevaba un anillo de oro desgastando en el dedo índice y sostenía el estetoscopio con la mano. Tenía una mancha de algo en la camisa, no sabía si de chocolate o de sangre. No tenía ni idea de cómo eran sus ojos, era incapaz de mirarlos.

No lo entendía.

—Cuando murió tu hermano... —dijo, y en ese momento yo levanté la mirada, sentí el golpe en el pecho y el escalofrío en los huesos. Él frunció el ceño—. Cuando murió tu hermano... ¿Estuvo...? ¿Fue duro para ella? ¿Más duro de lo que podría ser normal?

Fue una pregunta tan estúpida que se me reflejó en la cara.

El doctor retrocedió, se disculpó y volvió a intentarlo:

—No hay modo adecuado de decir esto. Nunca he tenido que mantener esta conversación con los hijos. Normalmente, lo hablo con los padres. —Respiró hondo—. Pero me parece que, dadas las circunstancias, con tu padre en un estado tan delicado en el hospital y teniendo que cuidar además de tu hermana… creo que deberías saber lo que está pasando aquí. Recomiendo encarecidamente que tu madre busque ayuda profesional.

—No lo entiendo. —No quería entenderlo.

—Se ha estado cortando —dijo bruscamente, enfadado, como si me odiara por obligarlo a decirlo en voz alta, a decírselo a una niña—. Se está autolesionando. Creo que necesita ir a terapia.

Me dio algo, un papel con algo anotado, y me aseguró que habría más información en su expediente. Me recomendó un médico, un programa. Apoyo para el duelo.

—Se pondrá bien —dijo, poniéndome una mano en el hombro. Estuve a punto de caerme al suelo—. Solo necesita tiempo. Y también necesita apoyo.

Llevé la bandeja con el té al salón con las manos temblorosas. El vidrio temblaba contra el metal, tintineaba contra sí mismo. Mi madre estaba sonriendo por algo que había dicho mi hermana con sus delicadas manos entrelazadas en el regazo. Era una mujer preciosa, ágil y de grandes ojos oscuros. Poca gente tenía el privilegio de verla así, con el largo cabello alrededor de los hombros con una única onda castaña. Levantó la mirada cuando entré. Se le ensanchó la sonrisa.

—*Bea beshin, azizam.* —«Siéntate, querida».

Me dio las gracias por preparar el té, me dio las gracias cuando le serví un vaso y volvió a dármelas cuando se lo tendí.

Se esforzaba demasiado y hacía que el corazón me latiera con fuerza.

—Perdón por haberos asustado —dijo en farsi con los ojos brillantes. Se rio y negó con la cabeza—. De todos modos, todo está bien, *khodaroshokr*. —«Gracias a Dios»—. El médico ha dicho que solo necesitaba dormir más. Por cierto, el té está delicioso.

No lo estaba. Había tardado demasiado en sacarlo, la temperatura del té había descendido por debajo de lo que era aceptable, que era que ardiera tanto que quemaba la garganta. Si mi madre hubiera sido ella misma, lo habría rechazado.

Incluso mi hermana pareció darse cuenta.

—El té está frío —dijo Shayda con el ceño fruncido.

Estaba exagerando. El té estaba caliente, lo bastante caliente para cualquier persona en su sano juicio. Simplemente, no estaba ardiendo.

—El té está bien —replicó mi madre quitándole importancia con la mano. Tomó un sorbo. Seguía hablando en farsi—. Por cierto, vuestro padre está mejor. Creen que es posible que vuelva pronto a casa.

—¿Qué? —Palidecí. Estuvo a punto de caérseme la taza—. Pero creía que habían dicho que su estado era crítico. Creía…

—Eres increíble, Shadi…

Levanté la mirada, sorprendida, para encontrarme con los ojos de mi hermana.

—No eres capaz ni de ocultar tu decepción. ¿Qué? ¿Esperabas que muriera? ¿Qué tipo de persona horrible espera que su padre se muera?

Noté ese calor familiar subiéndome de nuevo por la garganta, presionándome los dientes y quemándome los globos ocultares.

«El enfermero ha visto que tenía cortes en las muñecas y en las piernas. Algunos eran relativamente recientes. ¿Alguna vez ha dicho algo que te haya hecho pensar que podría llegar a ser un peligro para sí misma?», había dicho el médico.

Mi madre negó con la cabeza.

—No seas ridícula —espetó rápidamente en farsi—. Es muy difamatorio decir eso de alguien.

—Aun así, no niega que sea verdad.

Mi madre se giró hacia mí con los ojos como platos.

—¿Shadi?

El calor me formó un nudo en la base de la garganta. Negué con la cabeza preparándome para soltar una mentira preciosa y perfecta cuando sonó el timbre.

Me levanté de un salto.

Agradecí la interrupción, pero también era la única que todavía llevaba el pañuelo. Me toqué la cabeza con aire ausente y vi que la seda seguía increíblemente intacta. Me maravilló que se me hubiera olvidado quitármelo. Se me había olvidado hacer todo tipo de cosas. Comer, por ejemplo. O ducharme. Se me había olvidado vendarme el corte de la rodilla, se me había olvidado lavarme la sangre de la cara.

Fue lo primero que me dijo mi madre cuando me vio, lo primero que hizo. Me agarró la barbilla y me gritó exigiendo saber qué me había hecho en la cara, como si mi herida fuera mayor que las suyas.

«Ella no sabe que te estoy diciendo esto. Me ha suplicado que no os lo diga a ti y a tu hermana», había dicho el médico.

Tragué saliva ante el aumento del calor, tragué saliva ante la quemazón. Me dirigí a la puerta y oí el aullido de la lluvia azotando las ventanas. Toqué el pomo de la puerta justo cuando mi madre se rio y el suave trino me partió el corazón.

Abrí la puerta.

Por segunda vez ese día, había alguien delante de mí sosteniendo mi fea mochila azul. Ali tenía la ropa mojada. El pelo empapado. Las pestañas ennegrecidas, brillantes por la humedad. En la cálida luz del porche, lo vi como no lo había visto antes: hiperreal, multidimensional. Era alto, imponente incluso, su piel era de un marrón dorado sin imperfecciones; las facciones de su rostro, afiladas y hermosas. Lo que antes había sido un afeitado limpio era ahora una sombra de las diez de la noche que le agregaba una profundidad inesperada a su apariencia. Probablemente, llevaba horas sin mirarse en el espejo. No creo que tuviera ni idea del aspecto que tenía, de la imagen que daba. Una gota de lluvia solitaria le cayó por la frente, se le deslizó por la nariz y se metió entre sus labios. Los abrió.

—Se te ha olvidado en mi coche —dijo en voz baja.

Volvía a tener los ojos llenos de las lágrimas que llevaban toda la noche amenazando con derramarse. Hice retroceder el ejército lacrimógeno con una fuerza tremenda, sentí su fuego bajándome por el esófago e incendiándome las entrañas.

—¿Estás bien?

Una y otra vez la misma pregunta. Me miraba implacablemente con los ojos fijos en mi rostro, en el corte de mi barbilla. Sentí la fricción entre nosotros tan palpable como los latidos de mi corazón. Estaba enfadado. Asustado. Me miraba con una autoridad que me pareció sorprendente, con una preocupación que no había sentido en mucho tiempo. Lo vi tragar saliva mientras esperaba. Tenía el cuello mojado, y el movimiento era hipnotizante.

—Por favor —susurró—. Por favor, contéstame.

No levanté la cara.

—¿Estás bien?

—No —respondí y agarré la mochila.

Oí su exhalación, un sonido torturado.

—Shadi...

—¿Quién es? —preguntó mi madre. Su voz flotó desde el salón—. ¿Es un paquete?

—Adiós —dije en voz baja, y le cerré la puerta en las narices.

NUEVE

Si fuera una mosca parada boca abajo con las patas aferradas a una fibra del techo, habría visto un mar de cabezas peludas inclinadas sobre papeles colocados en los pupitres, manos humanas aferradas a lápices del número dos, cada asiento con una escena similar excepto uno:

El mío.

Mi cabeza cubierta de seda giraba con movimientos bruscos y erráticos, mi mente era incapaz de asentarse. Tenía examen de Historia del Arte de nivel avanzado, un examen para el que no había tenido oportunidad de prepararme. La noche anterior me había quedado dormida envuelta en seda, completamente vestida y helada, y me había despertado en mi propia sangre. La herida de la barbilla se me había abierto mientras dormía, había encontrado pruebas de esto en la almohada, en el pelo y en los párpados. En mis sueños, se me habían podrido los dientes, se me habían caído, había intentado gritar sin emitir sonido alguno y me había despertado de golpe la alarma, con una aterradora presión en el pecho.

Ese sentimiento, esa palabra, parecía ser mi compañía perpetua.

Terror.

Me perseguía, me atormentaba. Terror, aterrador, terrorista, terrorismo. Eran las palabras que me definían en el diccionario junto con mi rostro, mi nombre, mi apellido y mi fecha de nacimiento.

Esta mañana me había esforzado más de lo habitual. De algún modo, me había autoconvencido de que el delineado de ojos le restaría atención a la herida vendada de la barbilla. No quería que el mundo conociera mis secretos, no quería que mis heridas se abrieran ante las masas y, aun así, no había escapatoria. Ya me había tocado escuchar un chiste que alguien creía que no me había llegado, una burla, una risita en voz baja: «Parece que alguien le dio un puñetazo en la cara a Osama anoche» seguido de «Madre mía, Josh, cállate». Todo acompañado de un coro de risas. Cada día, yo era como un pavo descuartizado y todos los que pasaban querían llevarse un pedazo. Me habían despojado tanto de mi carne que ahora había más hueso que otra cosa, me quedaba poco que entregar más allá de la médula.

Me quedé mirando la hoja impresa que tenía delante, la tinta nadaba. Notaba calor constante en los ojos, estaban sobrecalentados, tenía el corazón mal digerido en las entrañas. Acerqué el lápiz al papel, observé el bloque de texto que debía analizar, un cuadro que se suponía que tenía que reconocer. Por tercera vez en la última media hora, sentí un par de ojos fijados en mi cara.

Esta vez, no fingí que no existían.

Esta vez, levanté la cabeza y miré en su dirección. Los ojos se desviaron rápidamente, el rostro familiar se inclinó una vez más sobre el papel y garabateó tonterías furiosamente.

Debido a la naturaleza de la asignatura de Historia del Arte y la cantidad de tiempo que pasábamos mirando diapositivas, la clase tenía lugar en el único anfiteatro que había en el campus. Estábamos sentados en un círculo incompleto, nuestros asientos elevados ascendían a un único podio en mitad de la sala, detrás del cual había una pantalla enorme. El profesor ahora estaba sentado como un centinela en el centro, observándonos atentamente mientras trabajábamos. No teníamos asientos asignados en la clase, pero yo siempre me sentaba por detrás, donde solo había penumbra iluminando los pupitres. Cuando Zahra se giró hacia mí por cuarta vez, me sorprendió que pudiera verme siquiera.

Su atención no auguraba nada bueno.

Volví a centrarme en el examen. Habían pasado treinta minutos y solo había escrito cuatro cosas: mi nombre, mi clase, el número del período y la fecha. Se me quedó la mirada clavada en el año.

2003.

Sentí que me daba vueltas la cabeza, mi mente rebobinaba su cinta como un lápiz en un casete echando hacia atrás. Los recuerdos surgieron y se disolvieron, los sonidos se convirtieron en destellos de luz. Conjuré una imagen vaga y distorsionada de mi yo más joven y me quedé maravillada con su ingenuidad. El año anterior no tenía ni idea del alcance de lo que venía a por mí. No tenía ni idea de cómo iba a sobrevivir. Tampoco la tenía ahora.

Se me cortó la respiración.

El dolor me atravesó sin previo aviso como una jabalina en la garganta. Me obligué a tomar aire para calmarme, me obligué a volver al momento presente, a la tarea que tenía entre manos. Quedaban veinte minutos de clase y todavía no había respondido a una sola pregunta. Agarré el lápiz e intenté concentrarme.

Mis dedos se cerraron alrededor del aire.

Fruncí el ceño. Miré a mi alrededor. Estaba a punto de renunciar al instrumento de escritura que creía tener, a punto de buscar uno nuevo en la mochila, cuando alguien me tocó suavemente en el hombro.

Me giré.

Sin decir nada, mi vecino me entregó el lápiz.

—Se te ha caído —articuló.

Lo miré un instante demasiado largo, mientras mi mente intentaba ponerse al día con mi cuerpo como si fuera con retraso.

Tenía el corazón acelerado.

—Gracias —dije finalmente, pero fue un susurro demasiado fuerte.

Ignoré algunas miradas fugaces de mis compañeros de clase y volví a recostarme en mi silla. Volví a mirar a mi vecino por el rabillo del ojo, aunque no fui lo bastante discreta. Me devolvió la mirada y me sonrió.

Giré la cara, preocupada por si había dado a entender que estaba más que casualmente interesada en este tipo. Noah. Se llamaba Noah. Era el único chico negro de la escuela, lo cual ya era más que suficiente para hacerlo destacar, pero, además, era nuevo. Lo habían transferido el último mes y no creía haber hablado con él hasta ese momento. De hecho, ni siquiera recordaba haberme sentado nunca a su lado. Por otra parte, había más de cuarenta y cinco alumnos en esa clase y no podía confiar en mi memoria, últimamente se me daba fatal fijarme en los detalles. Sin embargo, no creía estar tan distraída como para no recordar siquiera quién se sentaba a mi lado en clase.

Me hundí más en la silla.

Concéntrate.

El cuadro mal impreso en el examen cobró nitidez de repente. Había dos mujeres trabajando juntas para decapitar a un hombre, una lo inmovilizaba contra el colchón mientras él se resistía y la otra le cortaba el cuello con una daga. Acerqué el lápiz a la imagen. El corazón me latía con nerviosismo en el pecho.

Cerré los ojos un segundo. Dos segundos más.

La reaparición de Ali la noche anterior había sacado a relucir sentimientos en los que llevaba meses sin permitirme pensar. Casi nunca me permitía pensar en el año anterior, mi tercer curso. A menudo me parecía un milagro seguir viva para recordar esos días. El septiembre del año pasado había declarado muerto mi corazón bajo una avalancha de emociones:

Amor. Odio. Dolor.

Tres golpes diferentes asestados en una rápida sucesión. Me sorprendió descubrir, tantos meses después, que el odio había sido el más difícil de superar.

Artemisia Gentileschi.

Su nombre me vino de repente: Artemisia Gentileschi, una de las pintoras más aclamadas por la crítica y al mismo tiempo más ignoradas del siglo XVII. Mi mente repitió como un loro la información que había memorizado, nombres y fechas que había convertido en tarjetas didácticas. *Nacida en Roma en 1593. Fallecida en Nápoles en 1653.*

Sabía las respuestas, pero mi mano no se movía. Sentí que se me contraían los pulmones mientras el pánico me inundaba el pecho. Se me entumecieron las yemas de los dedos, volvieron a la vida. Apenas podía sostener el lápiz.

¿Cuál de los siguientes atributos formales indica que el cuadro siguiente se puede atribuir a un seguidor de Caravaggio?

A) Paleta monocromática

B) Tenebrismo dramático

C) Composición piramidal

D) Predominación de la grisalla

Mi relación con Zahra llevaba un tiempo resintiéndose, pero el septiembre anterior la tensión que había entre nosotras había alcanzado el punto máximo, un hecho para el que no parecía haber un motivo evidente. Aun así, me había pasado el último año de nuestra amistad navegando por un laberinto de comportamiento pasivo-agresivo, esquivando todos los días los insultos poco sutiles que me lanzaba. En ese momento comprendí que Zahra había mantenido nuestra amistad un año más de lo que habría querido. No había sido tan reprochable como para darme la patada cuando estaba en mi peor momento. Al menos, había tenido la misericordia de ahorrarme ese golpe poco después de la muerte de mi hermano.

Tendría que haberlo visto venir.

Tendría que haberlo hecho, pero estaba cegada. Estaba tan sumida en el dolor que apenas podía sobrevivir a las peleas nocturnas de mis padres, a las rigurosas exigencias del tercer curso. Estaba desesperada por aferrarme a los fragmentos de la realidad que conocía, por agarrarme a la amiga que conocía mi historia, a la vía de escape que suponía su casa. No había tenido la suficiente fuerza emocional para darme cuenta de lo que tenía delante de mí: que mi mejor amiga había empezado a odiarme.

A odiarme.

Cuando sonó la campana, entregué el examen en blanco.

EL AÑO ANTERIOR

TERCERA PARTE

Mi madre estaba esperándome cuando salí de clase con su furgoneta de color champán entre dos modelos casi idénticos. Sabía que su furgoneta era de color champán concretamente (no una variación de beis ni una especie de marrón) porque el hombre que se la había vendido a mis padres había enfatizado el color como una ventaja.

Mis pobres padres se habían escandalizado.

Habían hecho sentar al vendedor y le habían explicado que ellos no bebían alcohol, que no querían un coche de color champán y que, por favor, les diera otro.

Sonreí al recordar la historia (a Mehdi le encantaba explicarla en reuniones sociales) y caminé penosamente hasta nuestra furgoneta alcohólica con Zahra detrás. Recogernos de clase siempre había sido una pesadilla logística, pero mi madre había encontrado mucho tiempo atrás un modo de arreglarlo: llegaba media hora antes y normalmente se traía un libro. Sin embargo, ese día leía con los ojos entornados a través de unas gafas de lectura las páginas brillantes de una revista, una publicación que no identifiqué de inmediato.

Llamé a la ventanilla cuando llegamos y mi madre se sobresaltó. Se giró, me miró con el ceño fruncido y dejó la revista.

—Hola —le dije con una sonrisa.

Mi madre puso los ojos en blanco, pero también sonrió. Abrí la puerta y todas intercambiamos saludos y nos sentamos. El interior de la furgoneta olía vagamente a galletas de queso, lo cual me resultó reconfortante por algún motivo.

Mi madre se quitó las gafas de lectura.

—*Madreseh khoob bood?* —«¿Todo bien en clase?». A continuación, se giró hacia Zahra y añadió—: *Zahra joonam, chetori?* —«Zahra, querida, ¿qué tal?»—. ¿Cómo está tu madre?

Zahra estaba ocupada respondiéndole a mi madre en un perfecto farsi cuando me fijé, con un sobresalto, en la revista que había en el salpicadero.

La agarré.

Era un número antiguo de la *Cosmopolitan* en el que aparecía una foto muy retocada de Denise Richard. Bajo su nombre, se podía leer: «¡Sé traviesa con él!». Y, como si eso no fuera lo bastante alarmante, había un titular en grandes letras blancas que decía:

«Nuestro mejor secreto sexual».

Levanté la mirada. Zahra le estaba diciendo algo a mi madre sobre los exámenes de admisión, pero no pude esperar. La interrumpí.

—Oye —dije agitando la revista en dirección a mi madre—. ¿Qué es esto?

Mi madre se quedó quieta. Me dirigió una breve mirada antes de insertar la llave en el motor.

—*Man chemidoonam* —dijo. «¿Y yo qué sé?»—. Estaba en el despacho del dentista.

Zahra se rio.

—Eh, Nasreen *khanoom*... —«Señora Nasreen»—. Creo que se supone que no se puede llevar esas revistas.

—*Vaughan?* —Mi madre arrancó el coche. «¿En serio?».

Negué con la cabeza. No me creí ni un instante que mi madre pensara que esas revistas viejas y mugrientas del dentista fueran para llevárselas.

—¿Tan bueno es el secreto? —pregunté—. Porque aquí dice... —volví a mirar la portada— que es «un secreto tan ardiente e impresionante que tiene a todos los expertos entusiasmados».

Mi madre ya estaba conduciendo, pero aun así logró fulminarme con la mirada por el retrovisor.

—Ay, *beetarbiat*. —«No seas grosera».

Intenté contener una sonrisa.

—No mientas, maman. Te he visto leerla.

A continuación, dijo algo en farsi, una expresión complicada de traducir. Básicamente, me amenazó con darme un azote al llegar a casa.

No pude parar de reír.

Zahra, que había agarrado la revista, examinaba el artículo en cuestión. Me miró lentamente.

—Dios mío —susurró—. Adoro a tu madre.

Mi madre murmuró en farsi algo parecido a «¿Qué se supone que voy a hacer con vosotras?» y encendió la radio.

Le encantaba la música pop.

En ese momento, era una fan acérrima de Enrique Iglesias porque habría crecido escuchando a su padre, Julio Iglesias, así que cuando Enrique empezó a sonar en la radio, se llevó una mano al corazón y suspiró. Defendía a Enrique Iglesias como si fuera su deber cívico, como si Julio la estuviera observando y quisiera hacer que se sintiera orgulloso. Ahora mismo, sonaba *Escape* a todo volumen por los altavoces en lo que sin duda era un esfuerzo por ahogar nuestras voces.

—Oye, no vas a librarte tan fácilmente —grité.

—*Chi?* —contestó. «¿Qué?»

Lo intenté de nuevo subiendo un decibelio más.

—He dicho que no vas a librarte tan fácilmente.

—¿Cómo? —Se llevó una mano a la oreja y fingió sordera.

Reprimí otra carcajada y negué con la cabeza. Ella sonrió, se puso las gafas de sol, se ajustó el pañuelo y movió suavemente la cabeza al ritmo de la música.

—Oye. —Zahra me tocó la rodilla—. ¿Shadi?

Me giré con las cejas arqueadas.

—¿Sí?

—Estamos a unos cinco minutos de mi casa —empezó mirando por la ventanilla—. Y... antes de irme, quería decirte que lo siento. Otra vez. Por lo de hoy.

—Ah —dije, sorprendida—. No pasa nada.

—Sí que pasa. No tendría que haberte atacado así. —Se recostó en el asiento y se miró las manos—. Es que Ali... Él siempre lo consigue todo, ¿sabes? Todo le resulta muy fácil. Las relaciones. Las amistades. No sabe lo que supone para mí, lo que es llevar hiyab, lo horrible que puede llegar a ser la gente y lo complicado que es hacer amigos.

—Lo sé —dije en voz baja—. Lo sé.

—Sé que lo sabes. —A continuación, sonrió y los ojos le brillaron de emoción—. Eres la única que lo entiende. Y todo es... —Negó con la cabeza y miró por la ventana—. Las cosas están muy tensas en la escuela. ¿Te acuerdas del chico ese que me quitó el pañuelo?

Me puse rígida.

—Claro.

—No deja de seguirme por ahí —agregó tragando saliva—. Y me está asustando.

Sentí que se me comprimía el pecho de pánico e intenté evitarlo, mantuve una expresión neutra por su bien.

—¿Por qué no me lo habías contado?

—No lo sé. Supuse que tal vez me lo estaba imaginando.

—Lo denunciaremos —declaré bruscamente—. Se lo diremos a alguien.

Zahra se rio.

—Como si eso fuera a suponer alguna diferencia.

—Eh, mírame. —Le agarré las manos y se las estreché—. Me quedaré contigo. Te acompañaré a clase. Me aseguraré de que no te quedes sola.

Respiró hondo y le tembló el pecho al exhalar.

—Esto es una estupidez, Shadi. Toda esta situación es una estupidez. ¿Por qué tenemos que mantener este tipo de conversaciones? ¿Por qué? ¿Por un puñado de imbéciles ignorantes?

—Lo sé, lo sé. Yo también lo detesto.

Negó con la cabeza para deshacerse de la emoción.

—Solo… quería pedirte perdón por haberme desquitado contigo. No era mi intención.

—Lo sé.

—Ahora la gente es diferente. Mis amigos. Incluso algunos de los profesores. —Apartó la mirada—. Creo que me preocupa perderte a ti también.

—No vas a perderme.

—Lo sé. —Rio y se limpió los ojos—. Lo sé. Lo siento. Lo sé. —No obstante, cuando volvió a levantar la mirada, parecía insegura. Susurró—: Entonces, ¿no te estás enrollando con mi hermano?

—Zahra —suspiré y negué—. Venga ya.

—Lo siento, lo sé, estoy loca. —Cerró los ojos con fuerza—. Es que… no lo sé. A veces necesito oírte decirlo.

Le dirigí una mirada furtiva a mi madre, quien tamborileaba con los dedos sobre el volante al ritmo de una canción de Nelly.

—Zahra, no me estoy enrollando con tu hermano —declaré bruscamente.

Sonrió y, de repente, parecía encantada.

—¿Y no vas a… enamorarte de él y abandonarme?

Puse los ojos en blanco.

—No. No voy a enamorarme de él y a abandonarte.

—¿Lo prometes?

—Vaya, estás empezando a mosquearme.

Se rio.

Me reí.

Y, así como así, había recuperado a mi mejor amiga.

DICIEMBRE DE

2003

DIEZ

se día salí del aula mareada, agradecida, como la mayoría de los días, por que nuestra escuela tuviera casi tres mil alumnos que me proporcionaban la cobertura necesaria para desaparecer. También me sentía afortunada por que el cuerpo estudiantil incluyera a suficientes alumnos musulmanes (y a un par de chicas más que usaban hiyab) como para no tener que soportar sola el peso de la representación. Hacía poco que habían formado una Unión de Estudiantes Musulmanes, un club en el campus a través del cual organizaban conferencias y diálogos interreligiosos y respondían pacientemente a todo tipo de preguntas ignorantes para las masas. La presidenta de la UEM me había abordado varias veces para invitarme a sus eventos y nunca había tenido el valor de decirle que no. En lugar de eso, hacía lo más detestable y prometía algo que nunca tenía intención de cumplir. Evitaba a esos jóvenes no porque no los admirara, sino porque yo estaba hueca y tenía pocas energías para luchar, y no creía que fueran a entenderlo. O tal vez me daba miedo que lo hicieran.

Quizás no estaba preparada para hablar.

Había estado comiendo sola los dos meses que habían transcurrido desde que Zahra y yo nos separamos. Estaba demasiado cansada para reunir el entusiasmo necesario para mantener conversaciones con gente que desconocía los detalles íntimos de mi vida. En lugar de eso, elegía sentarme lejos de la multitud, sola con mis pensamientos optimistas y mi periódico más optimista aún. Sin embargo, hacía poco que mis innumerables atractivos habían atraído a una desconocida a mi mesa: una estudiante de intercambio de Japón que sonreía a menudo y que hablaba poco. Se llamaba Yumiko. Éramos perfectas la una para la otra.

Tenebrismo dramático.

Me llegó de repente, como una bofetada en la cara. La respuesta era la B. Tenebrismo dramático. Un claroscuro menos intenso.

Maldita sea.

Suspiré y seguí a la marea de estudiantes por el pasillo. Me quedaba otra clase antes de la hora de comer y tenía que cambiar los libros. Milagrosamente, mi cuerpo lo sabía sin que nadie se lo hubiera dicho, se había encendido el piloto automático en mi cerebro y ya estaba guiando mis pies por un camino conocido hasta mi taquilla. Me abrí camino entre una maraña de cuerpos, encontré el armario de metal que contenía mis pertenencias y giré el dial de la cerradura. Mis manos se movían de manera mecánica, cambiando unos libros por otros sin que mis ojos vieran nada.

Zahra tardó poco en tenderme una emboscada.

Me di la vuelta y ahí estaba, con sus rizos castaños, sus ojos almendrados, unas cejas perfectamente depiladas y los brazos cruzados sobre el pecho.

Estaba enfadada.

Di un paso atrás y noté que se me clavaba el borde de la taquilla en la columna. Estaba todo en mi cabeza, incluso en ese momento lo sabía, pero me dio la sensación de que el mundo se había detenido en ese momento, de que el estruendo había callado, la luz había cambiado, las lentes de las cámaras se habían enfocado. Contuve el aliento y esperé a que pasara algo, albergué tantas esperanzas como miedo.

Cuando Zahra me había sacado de su vida por primera vez, no tenía ni idea de qué estaba pasando. No entendía por qué había dejado de sentarse a comer conmigo, no entendía por qué había dejado de devolverme las llamadas. Me había arrancado de su árbol de la vida con tanta eficacia que no me había dado cuenta hasta que me había golpeado contra el suelo.

Tras eso, la dejé marchar.

No le pedí nada, no le exigí explicaciones. Cuando entendí que me había echado sin despedirse, no tuve el autodesprecio necesario para suplicarle que se quedara. En lugar de eso, lloré en silencio, en la privacidad de mi dormitorio, en el suelo de la ducha, en mitad de la noche. Había aprendido de mi madre a ocultar el dolor más importante, a sufrir a puerta cerrada, con solo Dios por testigo. Tenía más amigos, conocía a más gente. No estaba tan desesperada por su compañía.

Aun así, tuve sueños violentos sobre ella. Le gritaba en mi delirio, sollozaba mientras ella se plantaba sobre mí y me miraba fijamente con el rostro impasible. Le hacía preguntas que nunca me respondía, le lanzaba puñetazos que nunca aterrizaban.

Ahora se me hacía raro verla.

—Hola —dije en voz baja.

Le brillaron los ojos.

—Quiero que dejes de hablarle a mi hermano.

Noté un peso frío clavado en el pecho perforando un órgano vital.

—¿Qué?

—No sé qué piensas ni por qué lo piensas, pero tienes que dejar de lanzarte encima de Ali. Mantente alejada de él y de mí, no te quiero cerca de mi vida…

—Zahra, para —dije bruscamente—. Para. —El corazón me latía tan rápido que lo sentía en la cabeza—. No le hablo a tu hermano. Lo vi ayer por casualidad y me trajo a…

—Por casualidad.

—Sí.

—Lo viste por casualidad.

—Sí porque…

—Así que lo viste por casualidad, te llevó a casa por casualidad, te dejaste la mochila en su coche por casualidad y llevabas su sudadera por casualidad.

Jadeé profundamente.

Algo parpadeó en los ojos de Zahra, algo parecido al triunfo, y perdí la compostura. La ira me llenó la cabeza a una velocidad asombrosa, un calor oscuro me nubló la visión. Milagrosamente, pude contenerlo.

—Te lo he dicho un millón de veces, no sabía que era suya —insistí—. Creía que la sudadera era de Mehdi. Y no sé por qué te niegas a creerme.

Negó con la cabeza con el desprecio reflejado en ese rostro que había llegado a conocer muy bien.

—Eres una mentirosa de mierda, Shadi.

—No te miento.

No me escuchó.

—Cada vez que te pregunté si había algo entre mi hermano y tú te mostraste inocente y dolida, como si no tuvieras ni idea de lo que te decía. No puedo creer que me consideraras tan estúpida. No puedo creer que pensaras que no iba a darme cuenta.

—¿A darte cuenta de qué? ¿De qué estás hablando?

—De Ali —respondió enfadada—. De mi hermano. ¿Creías que no iba a encajar las piezas? ¿Creías que no iba a darme cuenta de lo que le habías hecho? Por Dios, si ibas a salir con mi hermano lo menos que podrías haber hecho era no haberle roto el maldito corazón.

—¿Qué? —Entré en pánico. Sentí que me invadía el terror—. ¿Eso te ha dicho? ¿Te lo ha dicho él?

—No le ha hecho falta. Ha sido bastante fácil atar cabos. —Hizo un gesto con la mano—. Un día viene como si acabaran de pegarle un tiro en el pecho y al día siguiente deja de hablar contigo para siempre.

—No. —Negué con la cabeza con tanta fuerza que me mareé—. No, eso no es lo que pasó. No entiend…

—Tonterías, Shadi.

La ira brillaba en su mirada de un modo que me asustó y me preocupó. Involuntariamente, di un paso atrás, pero me siguió.

—Me mentiste durante años. No solo te enrollabas con mi hermano a mis espaldas, sino que le rompiste el corazón y lo peor de todo es que… Por Dios, Shadi, lo peor es que fingías ser buena y perfecta cuando solo eras una perra de mierda.

De repente, sentí que me había quedado helada.

—Solo quería que supieras… —dijo—. Quería que supieras que sé la verdad. Puede que no haya nadie más capaz de ver más allá de tus tonterías, puede que todo el mundo en la mezquita se piense que eres una especie de santa, pero yo sé la verdad. Así que no te acerques a mi familia —concluyó.

Y se marchó.

Me quedé ahí mirando el espacio hasta que sonó la última campana. Hasta que el caótico pasillo se convirtió en un pueblo fantasma. Iba a llegar a tarde a mi próxima clase. Cerré los ojos con fuerza, intenté respirar.

Quería desaparecer desesperadamente.

Zahra y yo habíamos sido amigas desde que tenía once años. La había conocido al mismo tiempo que a Ali. Nuestra familia era nueva en la ciudad y mis padres querían que hiciéramos amigos, así que nos habían enviado a Shayda, a Mehdi y a mí a un campamento de verano musulmán al que ninguno de los tres queríamos asistir. Nuestro odio compartido por tener que pasar las tardes de verano escuchando sermones religiosos nos había unido. Ojalá hubiera sabido entonces que acabaríamos con una emoción similar.

Zahra siempre me había odiado un poco.

Siempre lo decía a modo de chiste, con un giro gracioso de frase como si fuera normal poner los ojos en blanco y decir día sí y día también lo mucho que odias a la persona que se supone que es tu mejor amiga. Durante años, su odio fue lo bastante inocuo como para que pudiera ignorarlo: odiaba que evitara el café, odiaba que me tomara el mal de ojo tan en serio, odiaba la música triste que me gustaba escuchar, odiaba que me convirtiera en una niña obediente y remilgada cuando hablaba farsi… pero el último año, su odio había cambiado.

En el fondo, creo que siempre había sabido que lo nuestro no duraría.

Sabía que Zahra tenía una antigua herida, sabía que otras chicas la habían usado y la habían descartado después de fingir interés en su amistad solo para acercarse a su hermano. Yo siempre intentaba ser sensible respecto a ese tema, asegurarme de que supiera que nuestra amistad me importaba más que cualquier otra cosa. Sin embargo, no me había dado cuenta de lo paranoica que se había vuelto con los años, de que había pintado en mi rostro una imagen de sus propias inseguridades. Estaba tan segura de que la había cambiado por Ali que había elaborado su propia profecía solo para tener razón, solo para demostrarme a mí (y a sí misma) que yo no había valido nada desde el principio.

Poco después, empezó a odiarlo todo sobre mí.

Odiaba que les cayera bien a sus padres, odiaba que siempre me invitaran a todo. Pero, sobre todo, odiaba con todas sus fuerzas que yo siempre pidiera ir a su casa.

Noté una oleada de calor recorriéndome la piel por culpa de los recuerdos. La vergüenza antigua se negaba a morir.

«Solo quiero saber por qué, ¿vale? ¿Por qué siempre quieres venir aquí? ¿Por qué estás siempre aquí? ¿Por qué quieres quedarte siempre a pasar la noche? ¿Por qué?».

Se lo había contado miles de veces, pero nunca pasaba más de una semana antes de que dejara de creerme y volviera a tener sospechas. Así siguieron mis gritos en su tono habitual, desapercibidos.

ONCE

Dejé caer la mochila sobre el cemento húmedo y lleno de guijarros y me senté en la acera sucia. Observé el mar de coches relucientes esperando en silencio en el aparcamiento exterior de un centro comercial.

Así que esto era la libertad.

Yumiko y yo habíamos comido juntas suficientes veces como para que empezara a sentir una especie de obligación hacia nuestros encuentros. Siempre intentaba avisarla cuando iba a ausentarme y, a pesar de que la había invitado a esta poco emocionante salida del campus, ella me había recordado amablemente que solo estaba en tercero. Solo a los estudiantes de último año se les permitía salir de la escuela para comer, pero teniendo en cuenta las restricciones horarias (y mi falta de coche) el centro comercial era el lugar más lejano al que podía ir, lo cual disminuía mi motivación por hacer el esfuerzo.

Sin embargo, ese día necesitaba pasear.

Me había comprado una porción de pizza en un establecimiento querido de la zona dirigido por un tipo llamado Giovanni. Giovanni era incapaz de ocultar su decepción cuando me veía. Siempre empezaba a sudar cuando entraba y movía los ojos con nerviosismo mientras pedía. Tanto él como yo sabíamos que su auténtico nombre era Javad y que nunca me perdonaría por preguntarle en voz alta delante de una larga fila de gente si era iraní.

Cuando lo negó, horrorizado por la insinuación, me quedé estupefacta. Observé los dibujos que había pegados en la pared que había tras él, personas dibujadas con palos con títulos como *baba* y *amoo*.

«Papá». «Tío».

No sabía que era un secreto. Tenía un acento iraní tan marcado que me sorprendió que alguien fuera lo bastante ingenuo para creer que era italiano. Y había oído tantas cosas buenas sobre Giovanni que cuando llegué y descubrí a un hombre persa detrás de la barra, me sentí encantada. Orgullosa.

Javad nunca volvió a mirarme a los ojos.

Le di un mordisco a la pizza fría y saqué el periódico. Lo abrí con una mano y tomé un segundo bocado de pizza. Sentí un temor conocido al pasar la mirada por los titulares y me prepararé para sumergirme otra vez en una nueva crisis existencial.

—Hola. —Un cuerpo se dejó caer a mi lado con una exhalación y me tapó la vista de una furgoneta particularmente sucia—. ¿Puedo sentarme aquí?

Miré fijamente al recién llegado sin parpadear.

Decir que estaba confundida habría sido hacerle un flaco favor a la vorágine de sentimientos que se formó repentinamente en mi cabeza. Noah, de la clase avanzada de Historia del Arte, estaba sentado a mi lado; me quedé mirándolo boquiabierta como si le hubiera salido un tercer ojo. Había olvidado por completo mis modales.

A Noah se le desvaneció la sonrisa.

Tomó su plato. El papel se había vuelto gris por la grasa de la pizza.

—Puedo irme —dijo haciendo ademán de levantarse—. No quería…

—No, Dios mío. No, claro que puedes quedarte —dije en voz demasiado alta y demasiado rápido—. Quédate, por favor, solo me ha… sorprendido.

Su sonrisa volvió, ahora más amplia.

—Genial.

Intenté sonreír antes de volver a tomar el periódico. Sacudí el pliegue intentando encontrar mi sitio. No me importaba que Noah se sentara a mi lado mientras se quedara callado. Nunca había tenido la oportunidad de terminar de leer un artículo sobre las aterradoras similitudes entre las guerras de Irak y Vietnam y llevaba todo el día esperando para ponerme con él. Tomé otro bocado de pizza.

—Entonces, te llamas Shadi, ¿verdad?

Levanté la mirada. Sentí que el mundo distante volvía a enfocarse.

Solo veía los ojos de Noah por encima del periódico y en ese momento me di cuenta de que nunca lo había mirado tan de cerca. Bajé el periódico y pude verle el resto de la cara. Llevaba el pelo negro rizado muy corto y sus ojos hundidos eran un par de tonos más oscuros que su piel morena. Sus rasgos eran inusualmente llamativos, había algo en sus pómulos o en la línea de su nariz. Era innegablemente guapo. No sabía por qué me estaba hablando.

—Sí. —Fruncí el ceño—. ¿Y tú eres Noah?

—Sí. —Se le iluminó la mirada. Parecía encantado con el hecho de que supiera su nombre—. Me mudé aquí hace poco. El mes pasado.

—Vaya. —Señalé el aparcamiento húmedo y deprimente con la pizza—. Lo siento.

Se rio.

—No está tan mal.

Arqueé una ceja.

Contuvo una carcajada.

—Sí, bueno. Está bastante mal.

Esbocé una sonrisa y volví a levantar el periódico.

—Y… eres musulmana, ¿no?

Sin dejar de leer, repliqué:

—¿Qué me ha delatado?

Se rio por tercera vez. Me gustaba que se riera tanto y con tanta facilidad. Ese sonido bastaba para acelerarme un poco el corazón.

—Sí —confirmé con el rostro enterrado en el artículo—. Soy musulmana.

Con suavidad, empujó el periódico hacia abajo, apartándolo de mí; yo me estremecí por su cercanía y me alejé unos centímetros. Me miraba con una alegría apenas reprimida, como si estuviera luchando por esconder una sonrisa.

—¿Qué?

—Vale —dijo finalmente—. Vale. Ahora voy a decirte una cosa y, por favor, no te lo tomes a malas ni nada. —Levantó las manos—. No creía que fueras a ser tan divertida.

—¿Que no me lo tome a malas? —pregunté con las cejas arqueadas.

—Siempre te veo muy intensa —explicó. Su cuerpo era como un signo de exclamación—. ¿Por qué estás siempre leyendo el periódico? No me parece muy saludable.

Lo miré arrugando la frente.

—Soy masoquista.

Él frunció el ceño.

—¿Eso no quiere decir que te gusta hacerle daño a la gente?

—Me gusta hacerme daño a mí misma.

—Qué raro.

—Oye, ¿cómo sabes que siempre estoy leyendo el periódico?

La sonrisa de Noah se esfumó. De repente, parecía nervioso.

—Vale, por favor, no te asustes…

—Jesús, Noah.

—Un momento, ¿me estás hablando a mí o solo estás enumerando profetas?

Se me abrieron los ojos como platos.

Él no podía parar de reír, ni siquiera cuando dijo:

—Vale, vale, para serte sincero, llevo un tiempo intentando averiguar cómo hablar contigo.

Suspiré. Bajé el periódico.

—Déjame adivinar: eres un asesino en serie.

—¡No! Te juro que solo… Le prometí a mi madre que le haría un favor y no sabía exactamente cómo abordarte.

Me enderecé. De repente, Noah tenía toda mi atención. Estaba asustada al cien por cien.

—¿Qué tipo de favor?

—Nada raro.

—Dios mío.

Noah habló rápidamente:

—Vale, mi madre me estaba dejando un día en clase, te vio en el campus y me pidió que hablara contigo.

—¿Por qué? —De repente, deseé no haber salido a comer. No haberle dicho a Noah que se sentara a mi lado.

Él suspiró.

—Porque somos nuevos aquí y mis padres han estado buscando una mezquita a la que acudir, así que mi madre pensó que tú…

—Espera. —Levanté una mano para interrumpirlo—. ¿Eres musulmán?

Él arrugó las cejas.

—¿No te lo había dicho?

Lo golpeé con el periódico.

—¿A ti qué demonios te pasa? Me has dado un susto de muerte.

—¡Lo siento! —Se apartó—. Lo siento. Mi madre solo vio a una chica con hiyab y me encargó la misión de hablar contigo como si fuera algo normal, pero no lo es. Es muy raro.

Lo miré fijamente.

—¿Más raro que esto?

—Tienes razón, lo siento. —Su sonrisa contribuyó a la disculpa—. ¿Y bien? ¿Puedes ayudarme?

—Sí —suspiré.

—Genial.

—Pero te juro por Dios que, si al final resulta que eres un agente del FBI encubierto, me enfadaré mucho —declaré mirándolo con los ojos entornados.

—¿Qué? —Se le borró la sonrisa—. ¿Un agente del FBI?

Sentí una culpa instantánea.

Noah parecía muy asustado, muy diferente del chico alegre que había sido un momento antes, y no me gustó nada ser la culpable de ese cambio. Su familia acababa de mudarse a la ciudad y no quería espantarlo.

—Nada. —Forcé una sonrisa—. Solo te estaba tomando el pelo.

—Ah —dijo—. Vale. —Sin embargo, la expresión cautelosa de sus ojos delataba que no estaba del todo convencido.

Intenté quitarle importancia.

—Hay un par de mezquitas por aquí —expliqué—, pero la que visita mi familia tiene una congregación predominantemente persa. Puedo darte otra…

—Ah, no, esa es perfecta. —La sonrisa de Noah regresó con todo su esplendor—. A mi madre le encantará. Soy medio persa.

De repente, me sentí estúpida. Lo miré, boquiabierta.

—¿Qué?

Se echó a reír de nuevo.

—Vaya, tendrías que verte la cara ahora mismo.

—¿Eres medio persa?

—También hablo un poco de farsi. —Se aclaró la garganta para crear expectativa—. *Haleh shoma chetoreh?*

—No está mal —contesté intentando no reírme—. Entonces… ¿tu madre es persa?

Asintió.

—Sí.

—Genial. Eso me hace muy feliz.

Arqueó una ceja.

—¿Feliz por qué?

—No lo sé —vacilé—. Supongo que creía que la mayoría de los persas eran racistas.

Noah se quedó paralizado y abrió los ojos de par en par. A continuación, se rio con tanta fuerza que se dobló por la mitad. Se rio con tanta fuerza que llamó la atención de algunos transeúntes, que se detuvieron para buscar la fuente de ese sonido desenfrenado.

—Oye, para —le di un codazo para llamar su atención—. ¿De qué te ríes?

Negó con la cabeza y se secó las lágrimas.

—Solo… —Se encogió de hombros y volvió a negar con la cabeza. Todavía le temblaba la espalda por la risa silenciosa—. Vaya, Shadi. Guau.

—¿Qué?

—Me alegra que lo hayas dicho tú y no yo. —Tomó aire, lo contuvo y lo soltó mirando a lo lejos—. A mi madre le encantará eso. No tienes ni idea de la mierda que han tenido que aguantar mis padres.

—Solo me lo puedo imaginar.

—Pues serías la primera en intentarlo. La gente nunca quiere admitir que existen ese tipo de problemas dentro de nuestras propias comunidades. —Suspiró, negó con la cabeza y se levantó de un salto—. Bueno, deberíamos irnos. Vamos a llegar tarde.

En ese momento me di cuenta de que no tenía ni idea de qué hora era. Hacía mucho que no comía pensando en algo que no fueran las heridas de mi corazón y cuando me levanté me sentí algo más ligera.

Noah y yo tiramos los envoltorios de la comida y volvimos andando al campus. Le dije el nombre de la mezquita. Le di un número de teléfono al que podía llamar su madre. Casi habíamos llegado de nuevo al colegio cuando me acordé…

—Ah, oye. En realidad, yo iré este finde. Mi hermana y yo hacemos voluntariado los sábados por la noche para ayudar a la gente a aprender a usar el ordenador, a crearse direcciones de correo electrónico y ese tipo de cosas. Si tus padres quieren pasarse, puedo presentarles a alguna gente.

Noah arqueó las cejas.

—Clases de informática un sábado por la noche en la mezquita. Guay.

Ahora las sonrisas me salían con más facilidad.

—Tenemos muchos refugiados en nuestra comunidad —expliqué—. Gente que huyó de Afganistán, que corrió intentando salvarse de los talibanes. Tenemos personas en la mezquita cuyas familias enteras fueron decapitadas por Saddam Hussein. La mayoría llegan aquí sin nada y necesitan ayuda para volver a empezar.

—Por Dios —dijo poniéndose serio de repente.

—Sí —contesté—. Algunas historias son de locos.

—¿En qué sentido?

Una fuerte ráfaga de viento se coló por dentro de mi chaqueta y me paré un momento para subirme la cremallera.

—No lo sé —respondí metiéndome las manos en los bolsillos—. ¿Sabes qué es un burka? ¿Esas enormes tiendas de campaña que los talibanes obligan a usar a las mujeres en Afganistán?

Asintió.

—Bueno, pues parece ser que son muy buenos para esconder a la gente. Imagínate disfrazar a toda tu familia, hombres, mujeres y niños, y huir a través de las montañas y desiertos de Afganistán, esperando en todo momento que no te descubran y te ejecuten.

—Mierda. —Nos detuvimos de golpe en una intersección. Noah se giró para mirarme con los ojos muy abiertos—. ¿De verdad conoces a alguien que haya vivido eso? ¿Que haya tenido que pasar por eso?

—Sí —confirmé pulsando el botón del paso de cebra—. Vienen a nuestra mezquita.

—Es… una locura.

El tono solemne de Noah y su posterior silencio me hicieron darme cuenta demasiado tarde de la oscura tensión que acababa de aportar a la conversación. Seguíamos esperando en el paso de cebra, observando en silencio los segundos que quedaban para el cambio de luz.

Intenté salvar el momento.

—Pero bueno —dije con una sonrisa—, estáis invitados a uniros a nosotros el sábado por la noche. Puede que incluso pidamos pizza.

Noah se rio y me miró con las cejas elevadas.

—Es una buena oferta.

—También debo advertirte de que será extremadamente aburrido.

—Impresionante. —Negó lentamente con la cabeza y su sonrisa se ensanchó hasta niveles increíbles—. Es decir, creo que voy a pasar. Pero gracias.

—Sinceramente, me habría extrañado que dijeras que sí.

Se rio.

Noah y yo teníamos clase en direcciones diferentes, así que nos separamos cuando llegamos al aparcamiento del campus. Ya estaba a unos metros de distancia cuando se giró de nuevo y gritó:

—Oye, nos vemos mañana a la hora de comer. Traeré incluso mi propio periódico.

Seguí sonriendo mucho después de que desapareciera de mi vista.

Me sentía extrañamente animada, más real de lo que me había sentido en mucho tiempo. Intenté aferrarme a esa sensación mientras me abría camino entre los vehículos aparcados, pero se me acabó la suerte de golpe.

Eran esos momentos los que me hacían creer en el destino.

Parecía imposible que esa coincidencia pudiera explicarse por las miles de pequeñas decisiones que había tomado ese día y que habían hecho que tuviera los pies en esa posición exacta, en ese momento preciso ante la persona incorrecta en el lugar equivocado. De repente, todo a mi alrededor pareció suceder a cámara lenta. La escena se desmoronó para dejar espacio a mis pensamientos y mis emociones sin procesar. Entonces, de golpe, la escena se reconstruyó ante mí con un grito ahogado.

Con mi grito.

El aliento me abandonó el cuerpo en una única y dolorosa exhalación mientras me golpeaba la espalda con el metal y me daba vueltas la cabeza.

Había una chica delante de mí. Todavía me pitaban los oídos por el impacto, por el fuerte giro que tuvo que dar mi cuerpo para quedar aplastado contra un coche estacionado. Conté cuatro cabezas: tres chicas, un chico. La que me había empujado tenía el pelo largo de un rubio sucio que se movía cuando ella lo hacía. Estaba mirando sus ondas rubias cuando me apuñaló en la clavícula con un solo dedo. Se le contorsionaba la cara mientras gritaba.

Sentí que se me disolvía la mente.

Mi cerebro se retiró de mi cuerpo y el pánico me apagó el sistema nervioso. Todo pareció desconectarse dentro de mi cabeza. Oí sus palabras como si estuvieran en la distancia, como si fuera alguien diferente viendo cómo le sucedía esto a otra persona. La escuché mientras me decía que volviera al lugar del que vengo, mientras me llamaba «musulmana asquerosa». La miré mientras me observaba. Le brillaban los ojos con una violencia que me pareció escalofriante.

De repente, se detuvo.

Había acabado. Un par de frases ofensivas y el momento acabó. Fruncí el ceño. Por algún motivo, pensé que habría más, algo nuevo. Me habían parado montones de veces personas que me habían dicho exactamente esas mismas frases y estaba empezando a darme cuenta de que no se hablaban entre ellos, no comparaban notas, no animaban la situación.

Se echó hacia atrás y me soltó.

Me incorporé tan rápido que estuve a punto de tropezar. La sangre me volvió a la cabeza, mis nervios volvieron a la vida. De repente todos los sonidos eran demasiado fuertes, el suelo estaba demasiado lejos. El corazón me latía de un modo extraño.

La chica me miraba con el ceño fruncido.

Me miraba extrañada, como si estuviera confundida o quizás decepcionada. Pude distinguir el momento en el que respondió a su propia pregunta y se le iluminaron los ojos.

—Por Dios, ni siquiera hablas inglés, ¿verdad? —Se rio—. Dios mío, no sabes ni hablar inglés.

Se rio una y otra vez con carcajadas histéricas, como si fuera una hiena.

—Esta mierdecilla ni siquiera habla inglés —dijo al cielo, a la luna y a sus amigos. Y todos se rieron con ganas.

Eso tampoco era nuevo.

La gente siempre asumía que no había nacido aquí. Siempre daban por sentado que no era estadounidense y que el inglés no era mi lengua materna.

Sabía que la gente creía que era idiota.

No me importaba.

Cerré los ojos, dejé que el dolor me goteara por el cuerpo. Esperé a que se cansaran de mí, a que se marcharan. Esperé en silencio porque no podía hacer otra cosa.

Le había prometido a mi madre que nunca me pelearía con intolerantes, que nunca contestaría, que nunca montaría un numerito. Shayda se había negado a hacerle tales promesas, así que ella había acudido a mí y me había suplicado que fuera razonable, que me alejara, que ejerciera el autocontrol que Shayda se negaba a emplear. Así que se lo había prometido. Lo había jurado. Acepté esos golpes a mi orgullo por mi madre. Solo por mi madre. Ella era el motivo por el que apenas hablaba actualmente, por el que no luchaba.

Mi madre.

Y la policía, para ser sincera. La policía y el FBI. Y la CIA. Y el DHS. Y la Ley Patriótica. Y la bahía de Guantánamo. Y la No Fly List.

Cuando volví a abrir los ojos, el grupo se había marchado.

Me recompuse, me recoloqué los huesos. Caminé hasta clase con mis piernas inestables, abriendo y cerrando las manos temblorosas. Sentí que se me endurecía el corazón mientras me movía por los pasillos, que se volvía más pesado.

Me preocupaba que algún día simplemente se me cayera.

DOCE

Me senté en el césped mojado después de clase y me acerqué las rodillas a la barbilla herida. Estaba rozando peligrosamente el diluvio, se me acumulaban océanos detrás de los ojos. Hoy no estaba esperando a que nadie me llevara a casa, simplemente estaba cansada. Mi padre llevaba casi un mes sin poder trabajar y mi madre había aceptado un trabajo a tiempo parcial en Macy's para aliviar la presión que recaía sobre nuestras finanzas, lo cual implicaba que la misericordia de mi hermana era el eje alrededor del cual giraba mi mundo, y eso significaba que mi mundo a menudo era estático y despiadado.

Levanté la cabeza y respiré hondo, atrayendo el olor del viento helado y la tierra mojada a mi cuerpo.

Petricor.

Era una palabra extraña. Una palabra excelente.

«¿Sabes que hay una palabra para eso? Para ese olor. Para el aroma del agua golpeando la tierra». Me lo había dicho Ali una vez.

Estaba en el patio trasero de mi antigua casa olfateando la llovizna cuando Ali dijo esas palabras mientras caminaba hacia mí en la oscuridad. Teníamos puertas correderas en el salón que daban al patio y él la había dejado abierta. Yo miré más allá de él, de su paso y su silueta hacia el brillo de los cuerpos que había en el salón, todos hablando y riendo. Algunos fragmentos de la conversación flotaron hasta nosotros en la oscuridad y crearon un ambiente inesperadamente acogedor. La familia de Ali había venido a cenar, pero yo había desaparecido después del postre porque quería escapar un momento del escándalo hacia la brisa de la tarde.

—Te has dejado la puerta abierta —le dije—. Entrarán un montón de insectos.

Él sonrió.

—Se llama petricor.

Negué con la cabeza y le devolví la sonrisa.

—Sé cómo se llama.

—Claro. —Se rio y miró hacia el cielo—. Claro que lo sabes.

—Ali, los mosquitos van a comérselos a todos.

Él miró hacia atrás.

—Alguien cerrará la puerta.

Le puse los ojos en blanco y eché a andar hacia la casa.

—No van a darse cuenta hasta que…

De repente, salté hacia atrás cuando se me hundió el pie en un charco de barro y choqué con Ali, quien me estaba siguiendo al interior. Llevaba un vestido de seda, pero cuando me tocó, fue como si no llevara nada en absoluto. La delicada tela no había ayudado a amortiguar la sensación. Sentí sus manos sobre mí como si estuvieran tocándome la piel, como si estuviera desnuda en sus brazos.

También me di cuenta del momento en el que él había notado mi presencia, mi forma bajo sus manos. Cuando habíamos chocado, me había agarrado por detrás. No podía verle la cara. En lugar de eso, sentía su peso contra el mío, oí el cambio de su respiración cuando nos tocamos, cuando sus manos se quedaron petrificadas donde habían aterrizado. Tenía una de sus palmas en mi abdomen y la otra en mi cadera. Me soltó lentamente con un cuidado extremo, como si hubiera atrapado un cuenco de cristal en el aire. Me rozó el torso con los dedos al retirarlos. Pasaron por mi ombligo. Los dos nos quedamos callados y el sonido de nuestras respiraciones se amplificó en el silencio.

Ali se apartó finalmente, pero yo aún notaba el susurro de su tacto en la columna, sentía que se le movía el pecho al inhalar y exhalar. Suavemente, con tanta suavidad que había sido poco más que una idea, sus dedos trazaron la hendidura de mi cintura, la curva de mis caderas.

—Dios mío, Shadi, eres tan guapa que a veces no puedo ni mirarte.

Y me quedé ahí, con el corazón martilleándome las costillas. Se me cerraron los ojos ante un sonido desesperado que se me había escapado entre los labios y había roto la ensoñación. Volví en mí siendo terriblemente consciente de lo que acababa de ocurrir y entré en la casa sin decir nada y sin mirar atrás.

Ali y yo nunca habíamos hablado de ese momento, nunca habíamos hecho alusión a él. Creo que incluso entonces ambos sabíamos que era el principio de algo, algo que podía destrozarnos la vida en pedazos.

Cerré los ojos con fuerza ante el recuerdo, apoyé la frente en las rodillas. Ver a Ali el día anterior había roto la barricada mental que había erigido para retener precisamente estampidas emocionales como esa.

Necesitaba recomponerme.

Levanté la cabeza, me metí las manos en los bolsillos de la chaqueta y dejé que el tiempo me empujara. Todavía no estaba lloviendo, pero llevábamos todo el día con tormentas, con los cuervos volando en círculos y con los árboles susurrando. Me encantaba ver a las cosas respirar, ver las ramas balanceándose, las hojas aferrándose para sobrevivir. No me importaban las terribles ráfagas que estuvieron a punto de quitarme el pañuelo. Había algo brutal en el viento, en cómo te daba en la cara y te silbaba en los oídos.

Me hacía sentir viva.

Los vientos eran demasiado fuertes para permitir una lectura cómoda del periódico, pero tenía un cigarrillo abandonado en el forro del bolsillo derecho y lo hice rodar entre los dedos. Lo agarré y lo solté. Estuve a punto de sonreír.

Esos cigarrillos eran de mi hermano.

Los había confiscado antes de que vinieran a buscar sus cosas; los había robado de sus escondites junto con su marihuana, sus revistas guarras, una caja de condones y una pipa de cristal. No quería que les rompiera el corazón a mis padres desde la tumba. No quería que lo definieran sus debilidades más de lo que quería que me definieran a mí las mías. Me parecía una injusticia terrible ser expuesto después de la muerte, ser descubierto como un humano predecible, tan frágil como todos los demás.

Mi padre lo sabía, por supuesto. O, al menos, lo sospechaba.

Mi padre era conocedor de muchas cosas. De hecho, él mismo se había otorgado ese título. Le encantaba oírse a sí mismo explicando en voz alta las verdades que había decidido que eran sagradas, y tenía fuertes opiniones sobre todo tipo de temas: las aficiones más productivas, los mejores atributos, una ética laboral concreta, la cantidad de agua que debía llevar un expreso y un americano. Tenía muchas ideas sobre el mundo, ideas que se había pasado toda la vida perfeccionando y que a menudo se sentía obligado a compartir en voz alta con sus hijos todavía en formación. Mi padre a menudo declaraba que mi madre y él eran personas decentes y piadosas que habían criado tan bien a sus hijos que no caerían en la drogadicción. Esas eran sus palabras, las palabras de mi padre, las que gritaba cuando mi hermano volvía a casa con los ojos inyectados en sangre y oliendo vagamente a marihuana por enésima vez.

Mi hermano era un vago mentiroso.

Mehdi también conducía un Honda Civic. Un Honda Civic CI azul brillante con llantas de dieciocho pulgadas. Lo había modificado él mismo, le había puesto un tubo de escape especial, luces azules ilegales, un sistema de sonido demencial y un parachoques llamativo. Tenía expresamente prohibido beber el alcohol que bebía, salir con las chicas que salía y salir a escondidas de casa por la noche, lo cual hacía casi todo el tiempo. Usaba mi ventana para salir porque tenía cornisa, un árbol, una caída fácil al suelo y porque estaba lejos de la habitación de mis padres. Siempre me daba un beso en la frente antes de marcharse y yo siempre dejaba el móvil debajo de la almohada esperando la vibración de su mensaje a altas horas de la noche pidiéndome que le abriera la puerta.

Mi padre nunca había sido cruel, pero siempre había sido frío. Le encantaban las reglas y exigía que sus hijos las respetáramos. Sin duda, había creído que estaba haciendo lo correcto al intentar controlar a Mehdi, pero mi padre se había centrado tanto en ver lo que los diferenciaba que nunca había parecido entender que también eran iguales.

Inflexibles.

Mi padre había intentado doblegarlo y mi hermano se había convertido en agua. Mi padre había intentado contenerlo y mi hermano se había convertido en el mar.

Oí un choque repentino.

Me levanté justo a tiempo para ver dos coches impactados deslizándose y girando fuera de control. Chirridos de neumáticos, el horrible sonido del metal devorando metal, cristales haciéndose añicos. Un antiguo pánico surgió en mi interior y me robó el aliento. Eché a correr antes de entender por qué y atravesé el césped a una velocidad frenética. Busqué mi móvil y me di cuenta de que no sabía dónde lo tenía, no recordaba qué había hecho con él, no tenía ni idea de dónde lo había dejado…

—¡Que alguien llame a emergencias! —le grité a alguien a todo pulmón.

Corrí a toda velocidad. Demasiado tarde, me di cuenta de que todavía llevaba la mochila, ese peso muerto que me retenía y, sin embargo, por algún motivo, no se me ocurrió dejarla caer, tirarla a un lado. El asfalto estaba resbaladizo bajo mis pies, había charcos en algunas zonas de la carretera y corrí a través de ríos pocos profundos sin llegar a sentir el frío penetrando en mi piel. El corazón me latía con fuerza en el pecho cuando me acerqué a los escombros. Mis emociones gritaban. Solo era vagamente consciente de mí misma, vagamente consciente de que podía estar exagerando, de que tal vez no era la persona adecuada para este trabajo, que quizás hubiera un adulto o un médico cerca que pudiera hacer algo mejor, pero no podía parar. No sabía por qué.

Uno de los coches estaba mucho peor que el otro y me dirigí a él primero. Tiré de la puerta dañada del conductor hasta que se abrió con un chillido milagroso. La conductora estaba inconsciente, tenía la cabeza inclinada sobre el volante y una línea de sangre le goteaba por la cara.

Por favor, Señor, pensé. *Por favor, por favor.*

La rodeé y me fijé vagamente en que los *airbags* no se habían desplegado. Intenté desabrochar el cinturón. No se soltaba. Tiré desesperadamente, intenté arrancarlo de la base, pero no salía.

Oí sirenas a lo lejos.

Volví a tirar del cinturón y, esta vez, la chica se movió. Levantó la cabeza muy lentamente y abrió los ojos con dificultad. Tendría más o menos mi edad. Era una niña, otra niña, solo una niña.

—¿Estás bien? —Me sobresaltó mi propio grito—. ¿Te encuentras bien?

Frunció el ceño, miró a su alrededor y se dio de lo que había ocurrido lenta y dolorosamente. Vi que su confusión daba paso a la comprensión y esta comprensión a un miedo tan profundo que renovó el terror de mi cuerpo.

—¿Estás bien? —volví a preguntar, todavía histérica—. ¿Sientes las piernas? ¿Sabes cómo te llamas?

—Dios mío. —Se llevó las manos a la boca—. Dios mío, Dios mío, Diosmíodiosmíodiosmío…

—¿Qué pasa? ¿Qué te duele? La ambulancia ya casi está aquí, alguien ha llamado a emergencias, no…

—Mis padres —dijo y dejó caer las manos. Había palidecido. Empezó a temblarle el cuerpo—. Acabo de sacarme el carné. Todavía no tengo seguro. Mis padres me van a matar. Madre mía.

Algo se rompió en mi interior y me destrozó. Empecé a temblar de un modo incontrolable, mis huesos eran como dados antes de ser lanzados. Me dejé caer en el suelo y me golpeé las rodillas contra el asfalto húmedo y sucio.

—Tus padres se a-alegrarán. Se alegrarán de que estés vi-viva —dije entre jadeos.

TRECE

Oí gritos, sirenas ensordecedoras y pasos rápidos y pesados. Me quité del medio, me levanté tambaleándome y me dirigí a la acera. No había visto nada útil ni había hecho nada de valor; no necesitaba dejar mis residuos sobre los restos.

Además, detestaba hablar con la policía.

Llegué a la acera y me miré los pies. El corazón me latía errático en el pecho. Llevaba conteniendo las lágrimas todo el día, toda la semana, todo el año. Era agotador. A menudo, me prometía a mí misma que lloraría libremente al llegar a casa, que encontraría un lugar seguro en el que experimentar mi angustia en su totalidad. Sin embargo, rara vez lo hacía. No era una actividad extracurricular emocionante, no era algo que los jóvenes esperaran con ansias al llegar a casa después de clase. Así que las contenía. Se quedaban ahí, sin ser derramadas, acumulándose en mi pecho, presionándome dolorosamente el esternón. Siempre amenazando.

Levanté la mirada hacia el cielo. Observé un pájaro hasta que me puse a pensar en pájaros, pensé en pájaros hasta que pasé a pensar en volar, pensé en volar hasta que vi un avión, observé el avión hasta que se alejó volando y me dejó atrás.

Cambié de tema. Una ráfaga de viento pasó por mi lado y me tropecé, oí los árboles susurrando en la distancia. Las nubes engordaban, los pájaros estaban febriles. No me sentía yo misma en absoluto, pero al menos estaba erguida, casi andando, así que pensé que debía seguir así, caminar fatigosamente a casa, intentar llegar antes de que la lluvia empezara a golpearme.

Solo logré avanzar unos metros hasta que oí a alguien llamarme.

Gritar mi nombre, chillarlo.

Me di la vuelta algo aturdida y vi a Ali a menos de quince metros de distancia, plantado en mitad de la acera. Que estuviera ahí ya era bastante sorprendente, pero lo que no entendía era su rostro. Incluso de lejos podía ver que estaba pálido.

¿Enfrentarme o huir? ¿Enfrentarme o huir?

No tomé ninguna decisión, sino que esperé a que él viniera hacia mí. Su ira parecía crecer exponencialmente con cada paso. No estaba ni a tres metros de distancia cuando empezó a gritar de nuevo y a gesticular:

—¿Qué diablos estabas haciendo? ¿En qué estabas pensando?

Fruncí el ceño. Abrí la boca para protestar, confundida, pero ya estaba encima de mí, a uno o dos pasos de atravesarme, y me pregunté si pararía.

—¿Por qué corres hacia un accidente automovilístico? —gritó—. No eres paramédica. No estás entrenada para eso. Esto no es una especie de… —Se interrumpió de repente y las palabras murieron en su boca—. Por Dios, lo siento. No llores. Lo siento. —Se pasó una mano por el pelo, parecía excesivamente nervioso—. No quería gritarte.

No me había dado cuenta de que estaba llorando. Horrorizada, me di la vuelta y me alejé mientras me limpiaba las lágrimas con manos temblorosas.

—Espera… ¿a dónde vas? —preguntó siguiéndome.

Todavía me estaba moviendo, ahora miraba fijamente un semáforo distante. Esperé a que la luz roja se pusiera verde, esperé a que mi cuerpo dejara de temblar antes de decir con toda la firmeza que fui capaz de reunir:

—¿Qué haces aquí?

—¿A qué te refieres? Iba a recoger a mi hermana de clase.

Dejé de andar.

El último año de mi amistad con Zahra, Ali se había negado a acompañar a su hermana a clase y a recogerla. Creía que sabía por qué, me parecía obvio que estaba intentando evitarme, y mi hipótesis había sido validada en varias ocasiones por la madre de Zahra, quien de repente se había convertido en la única persona que me llevaba y me recogía del instituto. A la madre de Zahra le suponía mucho trabajo llevarnos a todas partes y deseaba convencer a Ali de que lo hiciera por ella. Se quejaba de él mientras nos llevaba, soltaba amenazas vacías sobre quitarle el coche y lamentaba que su hijo nunca la escuchara ni le hiciera caso. A menudo, sentía que la madre de Zahra hacía esos viajes más por mí que por su propia hija. De algún modo, parecía saber que, si ella no venía a por mí, nadie lo haría. Por supuesto, era una teoría infundada que me parecía tan reconfortante como dolorosa, pero de todos modos le estaba agradecida, sobre todo porque nunca me hacía sentir como una carga.

El día que me di cuenta de que Zahra y yo ya no éramos amigas fue el día que llegué a la zona de recogida de después de clase antes que ella. Había visto a su madre y la había saludado. Acababa de empezar a andar hacia el coche cuando apareció Zahra y me dijo: «Dios mío, deja de seguirme a todas partes. Y, por una vez en la vida, que te lleve alguien de tu familia a casa». Ese había sido el día en el que me había arrancado la cabeza y la había llenado con una humillación tan densa que había estado a punto de hundirme en la tierra. Había cosas que todavía no había aprendido a olvidar.

Lentamente, me di la vuelta.

Ali me estaba mirando. Ali, el mentiroso, mintiéndome a la cara.

—¿Desde cuándo recoges a tu hermana del colegio? —le dije.

Él frunció el ceño.

—La recojo todo el tiempo.

Mentiroso.

Solo podía atreverse a mentir así porque no tenía ni idea de que mi propia madre ya no me llevaba a ningún sitio. Hasta dos meses antes me había sentado junto a su hermana en la furgoneta roja de su madre todos los días. Todavía veía su vehículo entrando y saliendo del aparcamiento.

Lo miré con los ojos entornados.

Me quedaba claro que Ali había venido a decirme algo y decidí darle la oportunidad de hacerlo antes de desaparecer de su vida. Porque tenía intención de desaparecer, y esta vez para siempre. No quería que Zahra siguiera acosándome. Estaba harta de sus acusaciones, harta de que me hiciera sentir como una persona horrible continuamente por algo que ni siquiera había hecho.

Respiré de manera entrecortada.

Ali me había mentido y, aunque no le veía el sentido a exponer su mentira, tampoco iba a ponérselo fácil. En lugar de eso, miré fijamente los profundos pozos marrones que tenía por ojos bajo unas pestañas tremendamente oscuras. Sobre todo, le miré la cara para no ver nada más. Me preocupaba que me descubriera rozándole el cuello con los ojos, tocándole los hombros con la inclinación de mi cabeza.

Siempre había sido difícil de ignorar.

A Ali le encantaba el fútbol. Ese deporte era su religión, como la de muchos hombres, sobre todo los iraníes, pero su obsesión era única porque él lo practicaba de verdad, y darle patadas a la pelota había perfeccionado su cuerpo hasta convertirlo en algo hermoso. Lo sabía porque lo había visto en una sola ocasión, por pura casualidad, sin camiseta. Había caminado durante seis años por los pasillos sagrados del santuario que había sido su casa, había sido atacada por las pruebas de su existencia desde que tenía once. Ni siquiera me hacía falta verlo sin ropa para saber por qué lo amaba el contingente femenino. Era un espécimen muy codiciado. Y eso siempre había vuelto loca a Zahra.

Finalmente, Ali habló:

—¿Qué? —dijo y suspiró—. ¿Por qué me miras así?

—¿Por qué has venido?

Se dio la vuelta y se pasó ambas manos por el pelo. La mayoría de los chicos en esa época llevaban tanta gomina que se podían romper los mechones de cabello con un martillo. A Ali no parecía importarle esta tendencia.

—No lo sabía —dijo finalmente—. Lo de tu padre.

Contuve la respiración.

—Quería disculparme. Por todo. Por no saberlo. Por olvidarme de lo de Mehdi. Solo… necesitaba decírtelo.

Mi ira murió en el acto. El sentimiento me abandonó con tanta rapidez que sentí que me mareaba por su ausencia. Estaba coja.

—Ah —contesté—. No pasa nada. No tienes motivo para saberlo todo sobre mi vida.

Ali exhaló, frustrado.

—Me habría gustado saberlo. A veces le pregunto a Zahra cómo te va, pero no me cuenta mucho.

—Mira, puede que en el futuro… —Vacilé—. Quizás lo mejor sea que no hables con Zahra sobre mí. En absoluto. No… Se está haciendo una idea equivocada.

Ali se extrañó.

—No hablo con ella sobre ti. Casi nunca le hablo de ti. Pero cuando me marché del hospital fui a recogerla de clase y vio tu mochila en mi coche. Cuando me preguntó, le conté que te había llevado al hospital.

—Ah.

—Y, bueno, me preguntó qué había pasado, se lo expliqué y luego le pregunté por tu padre. Entonces… —Se interrumpió. Se dio cuenta enseguida y le cambió la expresión—. Vale. Sí, puede que anoche le hiciera muchas preguntas sobre ti. —De repente, miró por encima del hombro—. Y hablando de eso, probablemente debería irme. Me estará esperando.

Asentí mirando a la nada. A continuación, me tragué el orgullo y añadí:

—Cuando la veas, ¿te importaría decirle que no hay nada entre nosotros, por favor?

Ali se giró como si le hubiera dado una bofetada.

—¿Qué?

—O tal vez puedas decirle que nunca ha habido nada entre nosotros. Porque se piensa… —Negué con la cabeza—. No lo sé, hoy me ha abordado y estaba muy enfadada. Parecía creer que nosotros… no lo sé.

—¿Lo dices en serio? —Ali parpadeó, asombrado, y dio un paso atrás—. Por favor, dime que es broma.

—¿Qué? ¿Por qué?

—No puedo creer que sigas haciendo esto. No puedo creer que sigas dejando que te haga esto incluso ahora que ni siquiera es… Escúchame, Shadi, no necesito el permiso de nadie para vivir mi propia vida. Y tú tampoco.

—No es cualquier persona —repliqué en voz baja—. Es tu hermana.

—Ya sé que es mi hermana.

—Ali…

—Mira, a mí no me importa, ¿vale? Esto no es por nosotros. Me dijiste que me tirara por un precipicio y yo lo hice. Me lancé por un maldito acantilado. Me aparté de tu vida porque tú me lo pediste, porque no eres capaz de ver que mi hermana tiene celos de ti, siempre ha estado celosa de ti y no soporta la idea de que seas feliz.

De repente, sentí que no podía respirar.

—Ya no voy a intentar que cambies de opinión —continuó—. ¿Vale? He pasado página. Y si ahora estoy aquí haciendo preguntas es solo porque me preocupas, porque fuimos amigos.

Me estremecí.

—Lo sé.

—Pues deja de permitir que mi hermana dicte las condiciones de tu vida. O de la mía, ya que estamos. Toma tus propias decisiones.

—Ali, era mi amiga —murmuré—. Mi mejor amiga.

—Tu mejor amiga. Vaya. Vale. —Asintió y se echó a reír—. Dime una cosa, Shadi... ¿Qué mejor amiga no quiere que seas feliz? ¿A qué mejor amiga no le importa hacerte daño? ¿Qué mejor amiga te niega la capacidad de tomar tus propias decisiones?

—Eso no es justo —repliqué—. No era tan sencillo...

—Nosotros también éramos amigos, ¿verdad? ¿Por qué yo no pude votar?

Lo miré y capté un destello de dolor en sus ojos que desapareció rápidamente. Pensé en decir algo, quería decir algo que nunca había tenido la oportunidad de decir.

Ali se rio.

Se rio, se pasó las manos por la cara y miró hacia el cielo. Parecía estar riéndose de algo que solo él entendía. Lo miré mientras se le aflojaba el cuerpo y la luz desaparecía de sus ojos. Tomó aire para estabilizarse y miró a lo lejos mientras exhalaba. Cuando me volvió a mirar por fin, parecía cansado. Sonrió y me partió el corazón.

—No te preocupes —me dijo—. Le dejaré claro a mi hermana que nunca ha pasado nada entre nosotros.

Lo miré fijamente. Volvía a notar el calor en la garganta, presionándome los ojos, y supe que no podía sacar más de todo esto. Asentí hacia el largo camino que me esperaba.

—Debería irme ya.

—Claro. Sí. —Juntó las palmas de las manos y dio un paso atrás—. Sí.

Me di la vuelta para marcharme y lo oí decir:

—Espera.

Lo dijo en voz baja, con incerteza.

Me giré, interrogándolo con los ojos.

Ali se acercó de nuevo a mí. Ahora tenía una expresión diferente, preocupada.

—Anoche, cuando te pregunté si estabas bien... dijiste que no.

Mi sonrisa vacilante se esfumó. Adopté una máscara.

—Lamento haber dicho eso. No tendría que haberlo expresado.

—No, Shadi, no te disculpes. Solo quería saber... si ahora sí que estás bien.

—Ah, sí. —Respiré hondo, me obligué a sonreír de nuevo, me tragué el calor y supliqué que mis ojos se mantuvieran secos—. Sí, genial.

—¿Tu madre está bien?

—Sí, ella también está genial. —Asentí—. Mucho mejor. Gracias.

Ali iba a decir algo más, pero yo no podía soportarlo. Lo interrumpí bruscamente, temerosa de que el temblor volviera a mis labios.

—La verdad es que tengo que irme. He de ir a casa para preparar la cena. Mi madre me está esperando.

—Ah —dijo, sorprendido—. Eso es... genial.

—Sí —repetí con los ojos aún secos y las piernas todavía en funcionamiento—. Totalmente genial.

CATORCE

uando llegué a casa, todo estaba a oscuras.

Cerré la puerta detrás de mí. El familiar chirrido de una bisagra sin engrasar precedió al cierre. Me recosté contra la puerta y apoyé la cabeza en la madera barata. Olí la pintura nueva, el aire viciado, el leve aroma a limpiacristales. Nos habíamos mudado a esa sencilla vivienda de alquiler poco después de la muerte de mi hermano. Se había vuelto imposible vivir en un lugar que albergaba el museo de su vida, el modesto dormitorio desde el que mi padre tenía que arrastrar a mi madre llorando todas las noches. Solo la había visto una vez con mis propios ojos antes de que mi padre me echara y me gritara que volviera a la cama. Mi madre estaba acurrucada en el suelo de la habitación de mi hermano golpeándose la cabeza contra el zócalo, suplicándole a Dios que tuviera misericordia y la matara.

De algún modo, a través del violento poder del autoengaño, mis padres creían que no los oiríamos discutir a altas horas de la noche, que no podríamos verlos en el pasillo, que no escucharíamos a mi padre rogándole a mi madre que volviera a la cama, suplicándole con una voz que no sabía que poseyera. «Vuelve, vuelve, vuelve, vuelve».

Ella le había dado una bofetada en la cara.

Se había puesto a darle puñetazos débiles y desesperados en el pecho y a arañarlo hasta que él la había soltado y la había dejado hundirse en el suelo. Yo lo había visto todo desde la puerta entornada de mi dormitorio. El corazón me latía con tanta fuerza que apenas podía respirar. En plena noche, mis padres se convertían en extraños, se transformaban por completo en versiones de sí mismos que no conocía.

Observé a mi padre caer de rodillas ante mi madre cual dictador arrepentido. Observé a mi madre reducirlo a cenizas.

La mañana que mi padre había anunciado que nos mudábamos, ninguna habíamos levantado la cabeza. No había habido preguntas ni discusiones.

No había necesidad.

Dejamos esa casa atrás. No pasábamos por nuestra antigua calle, no hablábamos de las horas que mi madre pasaba encerrada en su armario. Sin embargo, todavía podía oír su voz cuando cerraba los ojos, todavía podía ver su rostro desesperado e inhumano. «Mátame, señor», suplicaba. Se golpeaba el pecho, se arañaba la cara. *«Mano bokosho az een donya bebar».* «Mátame y llévame lejos de este mundo».

Encendí las luces.

Dejé caer la mochila junto a la puerta y me quité los zapatos. Notaba una presión en el pecho como si tuviera un tornillo alrededor de los pulmones. Se me nubló la visión. En mi mente, vi un estetoscopio, una mancha marrón, una alianza de oro desgastada.

«¿Alguna vez ha dicho algo que te haya hecho pensar que podría llegar a ser un peligro para sí misma?».

Me sentía fría y pesada.

Me quedé mirando un clavo viejo y pintado incrustado en la pared junto a la puerta. Me quedé mirándolo plantada en la entrada durante lo que me pareció una eternidad. No sabía qué hacer conmigo misma. Tenía hambre, tenía deberes que hacer, necesitaba una ducha, tenía que buscar el móvil, quería ponerme un jersey y necesitaba cambiarme la venda de la rodilla porque la herida no había dejado de dolerme desde el día anterior. Tenía frío, estaba mojada y temblaba. Me notaba la cabeza caliente y las manos temblorosas. Tenía mil necesidades humanas que atender y me sentía paralizada por ese peso, me sentía impotente ante todo lo que requería. Últimamente había empezado a asustarme, me preocupaba no estar comiendo o durmiendo lo suficiente. No podía permitirme desmoronarme, lo cual significaba que tenía que esforzarme más, pero tenía el corazón y la mente tan llenos esos días que se estaban estirando por las costuras y dejaban poco espacio para los esfuerzos que hacía antes por participar en mi propia vida y en mis propios intereses.

De algún modo, me arrastré escaleras arriba.

Me encerré en el baño, me quité el pañuelo, me desnudé y me metí en la ducha ardiente. Me quedé bajo el agua hasta que mis piernas no pudieron soportar mi peso, me senté en el suelo de la ducha hasta que empezó a pesarme la cabeza. Apoyé la frente en los azulejos y el material me abrasó la piel. Inspiré profundamente e inhalé agua. Cerré los ojos.

Señor, ayúdame, pensé.

Mis lágrimas no emitían ningún sonido.

No sabía cuánto tiempo había pasado ahí con el cuerpo calentado por la débil cabeza de ducha. No sabía cuánto tiempo había estado llorando. Había retrocedido en el tiempo, me había convertido en un feto y me había quedado sentada en el suelo de la ducha como un bebé sin reclamar. No sabía qué hacer con todo ese dolor. No sabía si quería nacer.

De repente, me sobresaltó un golpe en la puerta.

Otro golpe, ahora más fuerte, y me levanté tan rápido que estuve a punto de resbalarme. Mi mente se había acostumbrado al pánico y acudía a él fácilmente, sin apenas estímulos. Tenía el corazón acelerado y los ojos hinchados. Me froté la cara violentamente y me esforcé por mantener la calma. Cuando me sentí preparada, cerré el agua.

—¿Sí?

—Llevas ahí unas dos horas —dijo mi hermana—. Necesito usar el baño.

Me sorprendió la exageración. A continuación, distraída, me pregunté cuándo había vuelto a casa, qué hora era y si mi madre habría vuelto del trabajo.

—Puedes usar el otro baño —dije aferrándome a la cortina de plástico de la ducha—. Ya casi he acabado.

—Déjame entrar —insistió—. No quiero seguir gritando.

Eso era poco propio de Shayda.

Salí de la ducha con cautela, agarré una toalla limpia y quité el pestillo del baño. Acababa de acercarme de nuevo a la ducha para cerrar la cortina cuando oí que la puerta se abría de golpe.

—Vale, sal ahora mismo —dijo mi hermana bruscamente.

—Ya voy —respondí envolviéndome el cuerpo con la toalla a toda prisa—. ¿Por qué? ¿Qué pasa?

—Está aquí la madre de Hassan.

—¿Y? —pregunté. A continuación, agregué—: Ah.

—Sí. Exacto. Así que deja de hacer el vago en la ducha y ve a preparar el té.

Le puse mala cara, preparada para discutir, pero cambié de opinión. Me di cuenta de que Shayda me estaba pidiendo ayuda de esa extraña manera suya. Me quería cerca para tener un apoyo durante una situación estresante.

Me sentí conmovida.

De verdad, como si el calor se hubiera expandido en mi pecho. Sin embargo, cuando medio segundo después dio un portazo tan fuerte que tembló la barra de la ducha, me sentí menos entusiasmada. Aun así, algo era algo.

Shayda parecía despreciarme de verdad la mayoría de los días.

Era fácil quitarle importancia a nuestra tensa relación con un encogimiento de hombros y diciendo que simplemente éramos diferentes, pero yo sabía que la realidad era más complicada. Nunca habíamos tenido una relación muy cercana, pero nuestros caminos se habían separado drásticamente hacía poco porque no podíamos ponernos de acuerdo en un solo asunto de vital importancia.

Yo culpaba a mi padre inequívocamente por la muerte de Mehdi.

Shayda no.

Me había sorprendido su posición al respecto. Nunca había tenido motivos para conocer en detalle nuestras muchas diferencias, no había tenido razones para preguntarle a Shayda qué consideraba más importante en la vida, la fe y la familia. Nunca había sabido exactamente qué opinaba sobre el dogma, sobre nuestros padres ni sobre la dureza con la que juzgaban la vida de nuestro hermano. No obstante, cuando Mehdi falleció, los cuatro que nos habíamos quedado atrás nos vimos obligados a abrirnos y a examinar las entrañas que nos hacían funcionar. La muerte nos había exigido que nos cuestionáramos las filosofías privadas y todavía en formación que daban forma a nuestros corazones. Habíamos estudiado la débil carne y las mentes enconadas de los demás bajo la luz dura y poco halagadora del sol de mediodía y, al salir la luna, nos habíamos dado cuenta de que estábamos en cuadrantes diferentes de la tierra. Me había mantenido todo lo lejos que había podido de mi hermana, al igual que había hecho mi madre con mi padre, y me había pasado el último año intentando salvar esas distancias sin éxito.

El problema era que solía ser yo la única que hacía el esfuerzo.

Caminé de puntillas hasta mi habitación envuelta en una toalla y me pasé los dedos por el pelo limpio y húmedo. El vendaje de la barbilla se me había desprendido en la ducha y me alegré al descubrir que la herida había empezado a sanar. Con cuidado, me toqué el corte con las yemas de los dedos, acariciando el dolor mientras abría la puerta del armario y examinaba el contenido.

A diferencia de mí, Shayda estaba entusiasmada por casarse.

Había discutido con mi madre por el tema e insistía en que era algo que ella quería. Ya había elegido al chico, había aceptado su mano y tenían un plan a cinco años vista. Shayda tenía diecinueve años, era su segundo año en la universidad, pero pronto se trasladaría a una universidad local y quería estar comprometida los dos años siguientes. Su plan era casarse justo después de la graduación. No quería tener hijos. Jamás. Solo quería al marido.

Este plan podía parecer estúpido o extraño a la mayoría de la gente no musulmana, pero no era infrecuente en muchas comunidades religiosas. Mucha gente se casaba relativamente joven o, al menos, se comprometía. Se pasaban un par de años prometidos, pasaban tiempo juntos con el propósito de casarse y luego se casaban. Había parejas felices e infelices. El divorcio no era un tabú, también teníamos mucho de eso. Y eso me hizo preguntarme por mis padres, aunque no era la primera vez.

Un único golpe en la puerta fue la única advertencia que tuve antes de que Shayda irrumpiera en la habitación con as pecto agitado.

—¿Por qué no estás vestida? —A continuación, me miró fijamente y añadió—: ¿Por qué tienes los ojos rojos e hinchados?

Me sobresalté y me miré en el espejo.

—Ah —murmuré—. Será la alergia.

—Tú no tienes alergia.

—Tal vez sí. —Intenté reírme—. ¿Tan mal están?

—Da lo mismo, no me importa —dijo, distraída—. Vístete, por favor. No puedo bajar ahí sin ti.

—¿Qué? ¿Por qué no?

—Porque no —replicó. Entornó los ojos y movió los brazos como si yo debiera entenderlo.

No lo entendía.

A continuación, negó con la cabeza como si estuviera hablando con una idiota.

—No quiero parecer demasiado ansiosa, ¿vale? Intento parecer... —Agitó la mano mientras buscaba la palabra adecuada.

—¿Apática?

—¿Qué? ¿Por qué no puedes hablar como una persona normal?

—Hablo como una persona no...

—Por Dios, no me importa, ¿vale? —me interrumpió—. No me importa. ¿Cómo estoy?

Inspiré hondo y pensé en mi madre. Mi madre, mi madre. A continuación, me enfrenté con cautela a la escena.

Shayda llevaba un vestido largo, con volantes y pedrería y con un brillante hiyab a juego. Estaba guapa, pero parecía excesivamente arreglada, un hecho que no estaba segura de que debiera comentar. No sabía cómo decirle que no importaba cuánta gente la acompañara al bajar las escaleras, su ropa gritaba la verdad.

Parecía demasiado ansiosa.

—Estás muy guapa —dije en vez de eso.

Puso los ojos en blanco y me lanzó una mirada tan mordaz que me asustó un poco.

—Olvídalo, acompáñame.

Ya estaba en la puerta girando el picaporte cuando dije:

—¿Qué problema tienes? —No podía ocultar la ira en mi voz—. Acabo de decirte que estás muy guapa. ¿Eso es malo?

—He dicho que lo olvides, Shadi. No quiero seguir hablando sobre esto. Ha sido una estupidez pedirte que te importe.

—¿Qué significa eso?

—¿Qué crees que significa? —Se dio la vuelta sin previo aviso—. Significa que no te importa. Significa que te importa una mierda todo lo que no seas tú.

Retrocedí como si me hubiera pegado.

—Eso no es cierto —repliqué, pero estaba sorprendida, lo que me hacía sonar insegura, cosa que solo dio fuerza a su afirmación.

Se rio, pero fue un sonido vacío y enfadado.

—No te importa nada. Ni nosotras ni baba. Ni siquiera hablas nunca con maman, nunca me preguntas por mi vida.

—No sabía que quisieras que te preguntara… No sabía siquiera que querías hablar conmigo…

Abrió los ojos de par en par.

—Shadi, eres mi hermana. ¿Con quién si no se supone que voy a hablar?

Di un paso hacia adelante y ella retrocedió repentinamente con el rostro sonrojado.

—No te atrevas a intentar abrazarme. No te atrevas a tratarme con condescendencia.

—No es condescendencia, solo…

—No tienes ni idea de lo complicado que ha sido para mí este último año —dijo con los ojos brillantes por una emoción repentina—. No tienes ni idea, Shadi. —Negó con la cabeza y miró a su alrededor—. ¿Quién crees que consigue que la casa siga en pie? ¿Quién crees que se asegura de que haya comida en la nevera? ¿Quién crees que saca la basura, limpia la cocina, recoge el correo, clasifica las facturas, se asegura de que maman tenga gasolina en el coche, cobra los cheques y se asegura de que el seguro de baba siga vigente?

—Shayda…

—Yo, Shadi. —Se señaló el pecho—. Soy yo. Y tú no levantas ni un dedo para ayudar. Ni siquiera finges que te importa. No tienes ni idea de lo que he tenido que soportar, de todo lo que tengo que hacer cada día e incluso de esto, de lo de hoy con Hassan. —Agitó las manos y se rio como si estuviera histérica—. No sabes ni qué está pasando, ¿verdad? Nunca me has hecho una sola pregunta sobre él. Literalmente, no sabes nada sobre mi vida y no podría importarte menos.

—Claro que me importa, Shayda. Quiero saber... Por favor, escúchame...

—No, estoy harta de lo egoísta que eres. Estoy harta y cansada. Estás haciendo Dios sabe qué con Ali, que nos trata a todos los demás como una mierda, quien lleva un año sin hablarnos... y nunca te preocupas por saber cómo está baba. No vas a verlo al hospital. No te importa. Quieres que se muera. ¿Verdad? ¿Es eso?

Ahora me estaba gritando, sus labios pintados se movían para formar esos horribles sonidos. Me había quedado paralizada, mi compasión se esfumó cuando me imaginé a mi madre sentada abajo fingiendo no oír una versión distorsionada de esta conversación delante de los invitados. Me imaginé su humillación, su horror.

—Por favor —le pedí en voz baja—. Por favor, deja de gritar.

No lo hizo.

—Quieres que tu familia acabe destrozada. Quieres que nuestros padres se divorcien. Después de lo que hemos sufrido, después de todo lo que hemos pasado... solo quieres empeorarlo. ¿Por qué? ¿Qué demonios te pasa?

—Shayda —insistí, desesperada—. Hay gente bajo. Pueden oírte. Maman te oirá.

—¿Ni siquiera piensas contestar a mis preguntas? ¿Vas a quedarte ahí fingiendo ser la buena, fingiendo ser mejor que yo, que todos nosotros?

—Shayda. Para.

—Ni siquiera lloraste en su funeral —espetó y oí un ligero sollozo—. A veces creo que ni siquiera te importa que esté muerto.

De repente, estaba respirando con tanta fuerza que sentí que me iba a explotar el pecho. Clavé la mirada en la alfombra bajo mis pies, intenté desesperadamente mantener la ira a raya. Esta vez, fracasé.

—Sal.

—¿Qué? —preguntó, sorprendida.

—Que salgas. Sal de mi habitación. Ve a casarte. Buena suerte.

—No voy a casarme —replicó, todavía confundida—. Solo...

Levanté la cara y la miré fijamente a los ojos. Se estremeció.

—No sabes nada sobre mí, Shayda. No sabes nada en absoluto. —Pasé junto a ella y abrí la puerta—. Ahora márchate.

No lo hizo.

Así que me fui yo.

Me puse unos vaqueros, una sudadera vieja y un gorro de lana sobre el pelo mojado. Shayda me estaba diciendo que había perdido la cabeza, que me había vuelto loca oficialmente, que no podía bajar así vestida, que iba a avergonzarla y que no podía marcharme sin saludar a la madre de Hassan o le faltaría al respeto a toda su familia. Además, me aseguró que eso solo era una prueba de que lo único que me importaba era yo misma, que era un ser humano monstruoso que no se preocupaba por nadie, al que no le importaba nadie...

Esas fueron las palabras que me gritó mientras yo bajaba las escaleras.

Mi madre estaba esperándome de pie en el salón con una expresión tan violenta en el rostro que podría cometer un doble homicidio.

Había echado de menos esa expresión.

—Lo siento —dije sin aliento y forcé una sonrisa.

Me esforcé por saludar de manera excesivamente educada lo más rápido posible, por disculparme de un modo demasiado formal con un forzado acento farsi que hizo que la situación fuera aún más ridícula. Le di las gracias a la mujer que supuse que era la madre de Hassan por honrarnos con su presencia y por ser tan amable de pasar por alto mi apariencia y le dije que por favor se sentara y se pusiera cómoda. Le temblaban los labios mientras hablaba sin dejar de mirarme como si estuviera intentando aguantar la risa con todas sus fuerzas.

Mi madre suspiró.

Sin embargo, cuando empecé a ponerme los zapatos, atacó:

—*Koja dari miri?* —preguntó. «¿A dónde vas?».

Sabía que la cortesía hacia su invitada era el único motivo por el que no me inmovilizaba en el suelo del salón y me arrancaba el bazo. Me alegré de verla así, volviendo a ser ella misma. Sin duda, me mataría más tarde.

—Se me ha olvidado el móvil en casa de Zahra —dije rápidamente fingiendo despreocupación. Desinterés. Indiferencia. Odiaba a Shayda—. Tengo que volver a por él.

—*Alaan?* —«¿Ahora?».

Mi madre miró por la ventana a la oscuridad cada vez más profunda. Zahra no vivía lejos, a unas cuatro calles. Durante unos meses, la proximidad de la casa de mi amiga había sido lo único bueno de la mudanza. Tres meses antes, cuando me habían enviado a la enfermería después de desmayarme en mitad de la segunda clase, no pude ponerme en contacto con nadie, así que llamé a la madre de Zahra, quien envió a su marido a recogerme. Él salió del trabajo, me compró cinco tipos de medicamentos que no necesitaba y me dejó dormir en la cama de su hija. Me sorprendió tanto su amabilidad que les escribí una carta en la habitación de Zahra, en su escritorio, usando su papel y su boli. El contenido era una exageración de emociones de una sinceridad embarazosa. Les había dejado la carta en el buzón y había vuelto andando casa. No le había dicho nada a mi familia de lo que había pasado ese día.

Cuando había vuelto a clase, Zahra me había contado que sus padres habían encontrado la carta. Me lo había contado durante la comida. No había dejado de mirarme por encima de su bocadillo como si nunca me hubiera visto bien, como si estuviera loca.

«Era un carta muy rara», había dicho y se había reído. Había estado un buen rato riéndose. «A mis padres les ha parecido encantadora, pero yo la he encontrado graciosa. Era una broma, ¿verdad?».

Mi madre no sabía que Zahra y yo ya no éramos amigas.

Nunca le había contado a mi madre lo que había pasado porque solo serviría para que se preocupara por mí y eso rompería la promesa que me había hecho a mí misma de evitarle la necesidad de preocuparse por su hija menor. No quería que se preocupara. Por mí no. Ni por nadie. Aun así…

Incluso en eso fracasaba a veces.

Mi madre seguía mirando por la ventana, sabía que estaba a punto de prohibirme salir de casa. Lo sentía, podía ver cómo se formaban las palabras…

—Zahra me está esperando —dije rápidamente—. Iré corriendo y volveré enseguida. ¡Diez minutos!

Di un portazo al salir.

QUINCE

El día que mi hermano murió, mi madre estaba preparando *ghormeh sabzi*. Hacía calor en la cocina por el fuego, el aire estaba impregnado del aroma de la carne caramelizada y el arroz recién hecho. Yo estaba sentada ante la mesa de la cocina sin ofrecer mi ayuda mientras ella limpiaba todo el desastre. Estaba aturdida, la miraba con una fascinación inusual mientras desmontaba el procesador de alimentos que había usado para picar media tonelada de perejil. La había visto hacerlo miles de veces antes, yo misma lo había hecho en muchas ocasiones, pero ese día estaba sentada como si estuviera entumecida, incomprensiblemente paralizada.

Mi padre se paseaba de un lado al otro dando lecciones al aire mientras mi madre trabajaba y yo seguía sentada. Yo ignoraba la mayor parte de lo que decía. Estaba pensando en Shayda, que estaba en la mezquita. Tenía un grupo juvenil que se reunía los viernes por la noche. Yo no había ido, a pesar de que me había insistido mucho para que la acompañara, y en ese momento me estaba arrepintiendo de mi decisión. Vi a mi madre meter los cuencos sucios en el lavavajillas y me fijé en que le lanzaba una mirada irritada a mi padre que él no captó mientras se alejaba hacia el salón. Yo también lo miraba, con sus dos mechones de pelo negro y su barba canosa.

Estaba frenético.

Aquella mañana había tenido que mover el coche de Mehdi porque había bloqueado la puerta del garaje con su Civic. Mi padre tenía prisa, llegaba tarde al trabajo y me había pedido que le diera las llaves de mi hermano. Yo lo había hecho porque sabía dónde estaban exactamente: en un bolsillo de sus pantalones sucios en el suelo de su habitación. Todavía era temprano y Mehdi, que iba a la universidad, no tenía clase hasta dos horas más tarde. Me había metido en su habitación mientras dormía, le había robado las llaves del coche y había bajado las escaleras. Había dejado las llaves en la mano de mi padre.

Mi mente se detenía en ese instante con demasiada frecuencia.

Casi nunca podía convencer a mi cerebro de que recordara lo que había sucedido a continuación. No quería hacerlo. No quería esos recuerdos, esos bucles distorsionados de sonidos e imágenes. No quería recordar que había sido yo la que había traicionado a mi hermano. Yo le había dado esas llaves a mi padre, quien me había dado un beso en la mejilla, me había dicho «*Merci, azizam*» y había descubierto después un pack de latas de cerveza en el asiento trasero del coche de mi hermano.

Mi padre esperó todo el día para perder la cabeza.

Su ira se fue gestando mientras estaba en el trabajo y su imaginación aumentó en espiral. Consiguió convencerse a sí mismo de todo tipo de cosas, todo sin la ayuda de mi hermano, sin la claridad que podía proporcionar una única conversación. Aquella noche oí sus teorías, sentada en la mesa de la cocina, mientras mi madre revolvía el guiso con una cuchara de madera.

—Bebe, se droga, puede que incluso trafique…

—Mansour. —Mi madre se dio la vuelta, horrorizada—. *Een harfa chiyeh?* No sabemos qué ha pasado —dijo en farsi—. Todavía existe la posibilidad de que el alcohol no sea de Mehdi.

Mi padre se rio en voz alta. Echaba chispas por los ojos, estaba muy enfadado.

Mi madre también estaba enfadada, pero quería esperar a que Mehdi volviera a casa, quería darle la oportunidad de explicarse.

—Cálmate —le dijo.

Mi padre estuvo a punto de explotar ante esa sugerencia.

—Hablemos con él primero —insistió mi madre.

Mi padre se puso morado.

—¿Hablar con él? ¿Hablar con él? No necesito hablar con él. ¿Crees que no lo sé? ¿Crees que no lo sé? Se piensa que soy idiota, que puede ocultarme cosas, que no sé cómo huele cada día, cómo tiene los ojos. ¿Acaso todos pensáis que soy tan tonto que no me doy cuenta de lo que pasa? ¿Hablar con él? ¿Hablar con él sobre qué?

Mi hermano no estuvo en casa en todo el día.

Mis padres seguían esperando a que volviera, preparados para tenderle una emboscada. Yo lo había avisado, por supuesto. Le había enviado un mensaje. Le había dicho lo que había pasado.

«Lo siento», había escrito.

Lo siento mucho.
No lo sabía.
Baba tenía que irse a trabajar.
No lo sabía.
Lo siento mucho.
Lo siento muchísimo.
Mehdi, perdóname.

«No pasa nada», me había contestado.

No es culpa tuya.

Miré ese mensaje miles de veces, me presionaba la pantalla contra el cuello las noches desesperadas. Nunca me habría podido imaginar cómo iban a escalar las cosas. Nunca habría podido anticipar la posterior discusión, la explosión de gritos cuando mi hermano llegó reticente a casa.

Era tarde.

Recordaba que cuando mi padre abrió la puerta principal se oían los grillos. Las farolas brillaban, borrosas. Surcaban el cielo en la distancia y el aire frío lo atravesaba todo. Recordaba que cuando mi padre le dijo que se fuera, Mehdi no dudó. Mi madre gritó. Mi hermano se puso los zapatos con el rostro sombrío y determinado y, a pesar de que mi madre le había suplicado que entrara en razón, le había rogado que entrara, Mehdi no le hizo caso. No miraba a mi madre. Miraba a mi padre, a mi orgulloso padre que no parecía entender que él y su hijo padecían la misma aflicción, que mi hermano no se doblegaría.

Mehdi se marchó.

Mi madre persiguió a su primogénito en la oscuridad, lo siguió descalza por la carretera. Mi madre, para quien la propiedad y la privacidad lo significaban todo, corrió por el vecindario gritando su nombre. Si Mehdi era el mar, mi padre era un objeto inamovible, una piedra humana en el salón, reacia a ser erosionada.

Me retiré a las escaleras, me senté en el estrecho escalón alfombrado abrazándome las rodillas y lloré con la cabeza hundida en el regazo.

Menos de diez minutos después, Mehdi fue asesinado por un conductor borracho.

Volví a mi cuerpo con un repentino jadeo de conciencia, sobresaltada por el frío goteo. Caían tentativas gotas de lluvia sobre los árboles, sobre mi nariz. Abrían paso a las demás. No era gran cosa, solo una suave llovizna. Aun así, me estremecí violentamente.

No sabía dónde había dejado el móvil.

No tenía intención de buscarlo de verdad, solo quería una excusa para andar, para despejarme la cabeza, para pensar en paz. Y esperaba que el *mehmooni* que estaba teniendo lugar en mi casa fuera lo bastante entretenido para conseguirme algo de tiempo. Mis pies seguían un patrón familiar, un patrón que mis piernas conocían bien, pero que mi mente era incapaz de recordar. Miraba de vez en cuando al cielo buscando la luna.

Pensé que era cierto. Quería que mi padre muriera.

Sentí que se me caía el alma a los pies de nuevo.

Cuando un diagrama de puntos de luz me cegó de repente, me di cuenta de que había andado hasta un parque. Había estado en ese parque cientos de veces con Zahra fingiendo ser niñas, sentándonos en los columpios o subiendo por los toboganes. Nos sentábamos en la arena y hablábamos de las clases, de chicos y de dramas sociales menores de importancia vital para nosotras. Habíamos pasado allí días. Semanas. Incontables horas de mi vida ardiendo en llamas.

Mi amistad con Zahra siempre había sido imperfecta.

Había sido cruel conmigo del mil maneras insignificantes durante años, había demostrado en numerosas ocasiones ser una amiga voluble y desleal. Tendría que haber sido yo la que se alejara, tendría que haberlo hecho mucho tiempo atrás. Pero había sido una de las pocas cosas sólidas que tenía en la vida y no me sentía preparada para soltarla. Me aferraba con las yemas de los dedos al acantilado de nuestra amistad que se desmoronaba rápidamente. Cuando finalmente me había dado la patada para lanzarme al abismo, había experimentado un alivio extraño y desorientador.

Una parte de mí la extrañaba muchísimo.

Otra parte de mí aún mayor no lo hacía.

Me estremecí cuando una ráfaga de viento atravesó el parque y azotó mi cuerpo. No llevaba nada debajo de la sudadera y me arrepentí en ese momento de mis decisiones azarosas. Me envolví con los brazos. Me abracé con fuerza.

Ese cementerio de recuerdos estaba casi vacío ahora excepto por un campo de fútbol distante que todavía estaba lleno de jugadores. Las luces de la calle eran innecesariamente agresivas, así que me senté lejos de una de ellas, en un banco, con las piernas encogidas debajo del cuerpo. El banco no estaba exactamente mojado, pero sí estaba húmedo por la niebla y la llovizna. El frío me atravesaba la ropa, helándome aún más. Un columpio infantil se balanceaba suavemente con la brisa. Lo miré fijamente. Agarré y solté el viejo cigarrillo que rodaba en el bolsillo.

Había intentado no pensar en él.

Sabía que estaba ahí escondido bajo la cremallera del bolsillo. Lo sabía porque dejaba cigarrillos por todas partes. Era una manía estúpida e imprudente, pero no podía evitarlo. Me gustaba encontrarlos en la ropa. Los llevaba a todas partes como una especie de talismán. Solo fumaba ocasionalmente, y al principio había sido por curiosidad. Desde entonces, había desarrollado un peligroso gusto por ese veneno, lo cual me preocupaba. Pero no podía separarme de ellos.

Mehdi había ocultado dos grandes cartones de cigarrillos en su armario, una cantidad enorme que solo podía suponer que había adquirido mediante un tercero. Había tirado sus revistas guarras, me había deshecho de la marihuana, había destruido la pipa de cristal y había echado los condones en un contenedor gigantesco que había detrás de una tienda de comestibles.

Los cigarrillos me los había quedado.

Suspiré, me metí uno entre los labios y lo dejé ahí. Encontré un mechero en el bolsillo de los pantalones y lo sopesé en la mano.

Sabía que no podía fumarme ese cigarrillo por mucho que lo deseara. Tenía que volver pronto a casa, antes de que mi madre viniera a buscarme y desentrañara una larga sarta de mentiras que no quería reconocer. Pero no estaba preparada para marcharme. Giré la rueda del mechero varias veces y me quedé contemplando la llama.

A menudo pensaba en la estupidez del hombre. De uno en particular.

Pensaba en la superioridad moral de mi padre, en su seguridad en sí mismo, en su convicción inequívoca de que sus acciones y sus pensamientos estaban autorizados por Dios. Tal vez fuera cierto que mi padre no había probado nunca una gota de alcohol. Sabía que donaba regularmente a la caridad, que nunca se saltaba ninguna de sus oraciones diarias y que ayunaba durante el Ramadán. Mi hermano, por otra parte, no había hecho nada de eso. Y aun así estaba segura de que, a ojos de Dios, mi hermano era mejor persona.

No me importaba el dogma. Me gustaban las indicaciones, apreciaba tener un poco de estructura. Pero no entendía a la gente que ignoraba la esencia de la fe (el amor, la compasión, el perdón, la necesaria expansión del alma) a favor de un conjunto de reglas que habían declarado que eran la auténtica divinidad.

Esto… Esto…

No creía que Shayda y yo fuéramos a ponernos de acuerdo nunca en esto. Ahí era donde diferíamos, donde nuestras vidas se separaban por una línea perforada. Ella opinaba que mi padre había estado en su derecho al enfadarse con Mehdi, que mi hermano había roto las reglas, que tomaba malas decisiones, que había hecho enfadar a mi padre en lugar de mostrarse arrepentido y que le había faltado deliberadamente al respeto a mi madre, quien le había suplicado que se quedara.

—Él tomó su propia decisión —había dicho.

—Yo creía que el trabajo de los padres era ser más inteligentes que los hijos —había replicado yo—. Creía que el trabajo de los padres consistía en proteger a sus hijos de todo mal. Creía que el trabajo de los padres era predicar con el ejemplo.

Ella me había gritado. Me había echado de su habitación. No habíamos vuelto a hablar de Mehdi, no hasta esa noche.

Suspiré, pasé el dedo por el mechero. Giré la ruedecita.

Chispa y llama.

Chispa y llama.

¿Y qué hay de mí?, pensé. ¿En qué me convertía quedarme sentada, fría y sin compasión, esperando a que mi padre muriera? ¿Acaso era distinta de él?

¿O solo era peor?

Me levanté de repente, me libré de mi ensoñación con un movimiento brusco, un desplazamiento borroso. Un cuerpo se sentó pesadamente a mi lado y me giré para mirarlo. Él.

Ali sostenía el cigarrillo que me había arrebatado de los labios.

—Devuélveme eso —dije en voz baja.

Se rio.

Cuando había visto el campo de fútbol iluminado me había preguntado si Ali estaría allí esa noche. Vivía cerca. Jugaba al fútbol. No sabía exactamente dónde jugaba, era una especie de equipo local, pero mis pensamientos habían terminado allí. No habían construido un puente a otra parte. El campo estaba lejos del banco en el que me había sentado y no había pensado que pudiera haber una alta probabilidad de que nuestros mundos colisionaran.

Así que me sorprendí.

Me quitó el mechero de la mano y sus dedos me acariciaron la palma en el proceso. Contuve el aliento mientras encendía el cigarrillo que no me iba a fumar y se lo puso entre los labios. En lo único en lo que podía pensar mientras lo veía fumárselo era en que el cigarrillo que le tocaba la boca había tocado la mía un momento antes.

—Esto es muy malo para ti —dijo exhalando con una elegancia que solo se conseguía con la práctica—. No deberías fumar estas cosas.

Me ofreció el cigarrillo sin girar la cabeza y cuando le susurré «No, gracias», sonrió.

Seguía sin mirarme, contemplaba la oscuridad. Su silencio me pareció fascinante. Su aparición, confusa.

—¿Qué estás haciendo aquí? —pregunté.

—¿Qué estás haciendo tú aquí? —replicó y se rio—. Yo vivo aquí. —Señaló genéricamente a la nada—. Ya sabes. Por aquí.

—Cierto. —Respiré hondo—. Sí.

Tomó otra calada.

—Bueno —dijo exhalando una línea de humo—. ¿Quieres explicarme por qué me estás acosando?

—¿Qué? —exclamé bruscamente. Sentí que me ardía la cara—. No te estoy acosando.

—¿No? —Se giró ligeramente y me miró de arriba abajo. Casi estaba sonriendo—. Entonces, ¿por qué parece que vayas de incógnito?

Negué con la cabeza y aparté la mirada.

—Es una larga historia.

—Tengo tiempo.

—Es una historia estúpida —corregí.

—Mejor aún.

—Mi hermana se va a casar.

Ali se atragantó y empezó a toser violentamente. Tiró el cigarrillo al suelo y lo aplastó con el pie. Siguió tosiendo. Ali estaba a punto de morir asfixiado y yo estaba a punto de reírme. También me fijé por primera vez en lo que llevaba puesto: botas de fútbol, pantalones cortos y una camiseta de fútbol azul. Hacía mucho frío, tenía los brazos y las piernas descubiertos y no parecía molestarle nada la temperatura. Las farolas realzaban la pálida luz de la luna y delineaban su cuerpo en la oscuridad. Lo observé mientras se llevaba las manos a los ojos llorosos, vi que se le tensaban los músculos del cuerpo y se relajaban debajo de su piel. Cuando finalmente se recostó y respiró con normalidad para calmarse, sentí un incómodo calor en la cabeza.

—Dios mío —dijo. Volvió a toser—. ¿Tu hermana se ha vuelto loca?

Ahora sonreía con ganas, algo raro en mí.

—No se está casando ahora mismo, pero supongo que está en camino. Ha elegido al chico.

—¿Ha elegido al chico? ¿Qué significa eso? ¿Y qué tiene que ver con que parezcas… una conductora a la fuga? —preguntó señalándome la cara.

Me reí. Echaba de menos esta versión de nosotros, las conversaciones cómodas que tuvimos una vez. Ali y yo siempre habíamos estado muy cómodos juntos y recordarlo ahora, recordar lo que había perdido, me hizo sentir repentinamente frágil. Sacudí la cabeza para descartar esa idea.

—Él ha venido *khastegari* —dije—. Ella ha aceptado. Y esta noche…

—Espera, ¿qué es «*khastegari*»?

Fruncí el ceño y me giré para mirarlo.

—¿Desde cuándo no sabes hablar farsi?

Ali se rio.

—Siempre he hablado farsi como un niño.

—Ah. —Seguía frunciendo el ceño—. Bueno, significa que se ha declarado.

—Pero habías dicho que lo había elegido ella. Como si se tratara de un melocotón en la frutería.

—Bueno, sí, es decir, muchos chicos se declaran —dije entornando los ojos hacia la luz parpadeante de un avión—. Pero lo eligió ella.

—Shadi, no tengo ni idea de qué me hablas. No conozco a ningún chico que se declare.

Me volví a reír.

Él no lo hizo.

—Lo digo en serio —insistió—. Me suena algo falso. Parece que estés describiendo el *reality The Bachelor*.

—*The Bachelorette*.

—Como sea.

—Sí, supongo que es algo así. Más o menos. —Volví a fruncir el ceño. Me giré para mirarlo de nuevo—. ¿De verdad nunca has oído hablar de *khastegari*?

—¿Por qué diablos iba a saber qué es?

—No sé. —Me encogí de hombros—. Es algo bastante común.

—¿Quieres decir que esto es normal? ¿Que pasa a menudo? ¿Que más de un chico le pide casarse a la misma chica y luego se quedan esperando hasta que ella elige?

Me reí.

—No.

—Gracias a Dios.

—Lo que quiero decir es que a veces pasa. —Respiré bruscamente. Estaba empezando a sentirme cohibida—. A veces pasa.

—Parece una locura.

—No es una locura tan grande —contradije. Ya no sonreía.

Ali se giró sin previo aviso, con uno de sus brazos apoyado en el banco. Me miraba la cara desde una distancia incómodamente corta cuando dijo:

—Mierda. ¿También hay idiotas haciéndote *kasigari* a ti?

—Es *khastegari*.

—Da igual.

—No son idiotas.

—Dios mío. —Se recostó en el banco y me miró boquiabierto—. ¿Quién iba a proponerte matrimonio a ti? Tienes diecisiete años. ¿No es ilegal?

Me enfadé.

«¿Quién iba a proponerte matrimonio a ti?» probablemente fuera la pregunta más ofensiva que me han hecho nunca, y eso que me han hecho muchas preguntas ofensivas.

—En primer lugar, cumpliré dieciocho en un mes.

—¡Sigue siendo ilegal!

—Vaya —repliqué, irritada—. Claramente llevas demasiado tiempo sin venir a la mezquita porque parece que no entiendes cómo funciona. No solo te casas. La pedida es una formalidad, una costumbre. Un *khastegari* es básicamente una petición para salir, para conocerse el uno al otro con la intención específica de, posiblemente, algún día, puede que incluso años después, acabar casándose. Se considera una cortesía. Es salir correctamente, con respeto y con intenciones honorables.

No me estaba escuchando.

—¿Cuántos chicos te han hecho *kassgaried*?

—*Khastegari*.

—¿Cuántos?

Vacilé.

—¿Dos? —Abrió los ojos de par en par—. ¿Tres?

Aparté la mirada.

—¡¿Más de tres?!

—Cinco.

—Madre mía. —Se puso tenso y me miró por el rabillo del ojo como si no me hubiera visto nunca. Como si tuviera la lepra.

Eso no tenía nada de halagador.

—¿Me estás diciendo que hay cinco chicos esperando para ver si los eliges?

Suspiré.

—¿Hay cinco chicos sentados en su casa mirando a la pared esperando a que decidas con cuál quieres casarte?

Puse los ojos en blanco.

—Espera. —Rio—. ¿Esos chicos saben que fumas? ¿Saben que vagas por las noches por parques abandonados acosando a hombres inocentes?

Le lancé una mirada brusca.

—Vale, creo que debería irme.

Me levanté y él me frenó poniéndome la mano en el antebrazo. Me quedé mirando su mano, sorprendida por la escena mal dibujada bajo la luz desigual, por el significado de un simple roce.

—Espera —me dijo. Ya no sonreía—. Espera un segundo.

Me volví a sentar y tiré de mi gorro.

—¿Qué? —dije, todavía enfadada.

—No vas a casarte con ninguno de esos chicos, ¿verdad?

Levanté la mirada y vi su rostro horrorizado. De repente, estaba molesta con él. Enfadada por hacerme sentir pequeña, por destruir lo que me quedaba de vanidad.

—Creía que me habías dicho que no debería necesitar el permiso de nadie para vivir mi propia vida.

Se estremeció. Titubeó.

—Esto es diferente —contrarrestó—. Parece inadecuado.

—¿Inadecuado por qué? ¿Y si de verdad uno de ellos me gusta? ¿Y si es lo que de verdad quiero?

Arqueó las cejas. Ahora parecía desubicado.

—¿Es así?

—¿El qué?

—Quiero decir… ¿hay uno que de verdad te guste?

Estuve a punto de soltar una carcajada.

—¿Por qué iba a decírtelo si fuera así? ¿Te has pasado la conversación entera horrorizado por la idea de que alguien pueda llegar a considerar casarse conmigo y ahora pretendes que te desvele el funcionamiento interno de mi corazón?

Abrió mucho los ojos.

—Shadi, solo… me preocupo por ti. Eres… me refiero a que también me enfadaría si esto le estuviera pasando a mi hermana, ¿sabes? —Se enderezó—. Espera, no habrá chicos haciéndole *kargary* a mi hermana, ¿verdad?

Me quedé helada.

—No.

—¿Ninguno?

—No lo sé —contesté—. Hace mucho tiempo que no hablo con ella.

—Pero ¿no hay ninguno que sepas?

—No.

—Vale. —Contempló la noche—. Creo que estoy ofendido.

—Sí. —Intenté reírme.

En lugar de eso, suspiré.

La primera vez que la madre de alguien le propuso matrimonio a mi madre, me pareció increíblemente gracioso y compartí la historia con Zahra para poder analizar juntas esa extraña situación y reírnos. También lo hice con el segundo *khastegari*. Pero, a partir del tercero, Zahra erigió un muro. Empezó a burlarse de mí, empezó a preguntarse en voz alta por qué iban a interesarse por mí esos chicos. Y, como yo no quería discutir con Zahra, me reía con ella, insistía en que tenía razón. Siempre me mostraba de acuerdo con su afirmación de que no tenía sentido que alguien se interesara por mí.

—Bueno, eso es porque tienes los ojos verdes —me había dicho una vez—. Están todos obsesionados con tus ojos. Es una tontería.

Era cierto.

La gente estaba obsesionada con mis ojos y era una tontería. Aun así, tendría que haberlo sabido entonces. Tendría que haber visto venir que nuestra amistad se acercaba rápidamente a su fecha de caducidad. Mi problema era que no sabía que las amistades pudieran caducar.

—Oye —dijo Ali en voz baja. El sonido de su voz me trajo de nuevo al presente—. No pretendía insultarte. De verdad. No era mi intención.

—Ya —respondí con un susurro hacia la oscuridad.

Ya no podía mirarlo. Estaba cansada. Estaba harta de que se hicieran chistes a mi costa, estaba harta de cargar con un peso incalculable. Algunos días me sentía tan pesada que apenas podía salir de la cama y cada vez se me antojaba más difícil cumplir las tareas básicas del día a día. Mi cuerpo se había desgastado, carecía de refugio. Ya no sabía dónde podía desmoronarme en paz.

—A veces desearía poder marcharme —murmuré en voz baja.

—¿Marcharte de dónde? ¿De casa de tus padres?

—Solo marcharme —respondí contemplando el cielo nocturno—. Empezar a caminar y no parar nunca.

Ali se quedó callado largo rato. Empezaba a lamentar profundamente haber tenido esta conversación con él cuando dijo suavemente:

—¿Por qué?

Me giré para mirarlo y vi que estaba sentado muy cerca de mí, mucho más cerca que antes. Me dio un vuelco el corazón. Nos miramos a los ojos e hizo ademán de hablar, separó los labios durante un breve instante antes de dejarlos paralizados así, a un suspiro de distancia. Ahora me miraba fijamente a los ojos con una intensidad sorprendente. Sentí que el miedo me recorría la sangre.

Su voz sonó diferente, casi irreconocible, cuando dijo:

—¿Estabas llorando?

Me giré demasiado rápido.

—¿Eso es lo que estabas haciendo aquí? —Ahora lo preguntó más rápido, con más brusquedad—. ¿Shadi?

En ese momento la sentí, la horrible y ardiente amenaza, la sentí creciendo de nuevo en mi interior. Me la tragué e intenté recuperar la compostura.

Ali me tocó suavemente el brazo y me quedé quieta al sentir esa sensación. No podía mirarlo a los ojos.

—Oye —murmuró—. ¿Qué pasa? ¿Qué ocurre?

El calor no disminuía. Volvía a estar hambriento, hambriento y horrible, se me acumulaba en las entrañas, en la garganta, detrás de los ojos. Llevaba meses intentando mantenerlo todo dentro, no decir nada, no hablar con nadie, ser como un soldado. Llevaba casi un año conteniendo el aliento, con los labios cosidos, devorándome a mí misma hasta que no pude soportar otro bocado. Al principio no conocía los límites de mi propio cuerpo, no tenía ni idea de cuánto tiempo me llevaría digerir el dolor, no me había dado cuenta de que quizás no fuera capaz de contenerlo o de que podría seguir multiplicándose. Me pasaba todos los días al borde de un precipicio aterrador, contemplando el abismo, queriendo y no queriendo caer en picado.

Cuando me rozó la mejilla con los dedos, dejé de respirar.

—Shadi —susurró—. Mírame.

Tomó mi rostro entre las manos, me ancló en el sitio con su mirada, y yo estaba tan desesperada por exhalar este dolor que no me atreví a separarme. Estaba temblando, el corazón me temblaba en el pecho. Incluso ahora intentaba contenerme, fingir que todo iba bien, recomponerme, pero había algo en su piel contra mi piel, en el calor que irradiaba de su cuerpo, que rompió lo último que me quedaba de autocontrol.

Cuando empecé a llorar, se quedó paralizado.

Entonces, antes de que pudiera volver a tomar aire, me estrechó entre sus brazos.

Lloraba con tanta fuerza que no podía hablar, apenas podía hacer entrar aire en mis pulmones. Me derrumbé contra él, me temblaban los huesos y me sorprendió sentir su piel contra mi rostro. Llevaba una camiseta con cuello de pico que dejaba expuesto un triángulo de su pecho a la noche, a mi mejilla. Presioné el rostro contra ese calor, mis pestañas húmedas se agitaban junto a su cuello, escuchaba el latido de su corazón de manera imprudente. Mis manos estaban atrapadas entre nosotros, su fina camiseta no conseguía ocultar su cuerpo del mío. Él era calor, solidez y fuerza y me sostenía entre sus brazos como si me necesitara ahí, como si pudiera pasarse la eternidad abrazándome si así lo necesitaba.

Me sentía como en un sueño extraño.

Si no hubiera sido por mi cerebro, por la vergüenza que empezó a nacer en mí, tal vez no lo hubiera soltado nunca. Solo después de que disminuyeran las lágrimas, de que pasaran unos minutos y de haber gastado todo el calor de mi corazón, me di cuenta de que me había desmoronado sobre un chico que no tenía derecho a tocar, a quien no tenía derecho a cargar con mis lágrimas o mi dolor.

Me aparté de repente ahogándome en cientos de disculpas.

Me sequé los ojos y me froté la cara. De repente, me sentía avergonzada, me daba miedo mirarlo. Se hizo el silencio, se expandió en la oscuridad y aumentó la tensión. Cuando finalmente me atreví a alzar la mirada, me sorprendí.

Ali parecía conmovido. Respiraba tan fuerte que podía verlo, que podía ver su pecho moviéndose arriba y abajo, arriba y abajo. Me miró como si hubiera visto un fantasma o presenciado un asesinato. Todavía me estaba mirando cuando me tocó el codo, me trazó una línea por el brazo, me tomó de la mano y tiró de mí hacia adelante.

Me besó.

Cálido, suave, sedoso. Tenía la mano debajo de mi barbilla y me la levantaba, abriéndome en canal. No lo entendía, no sabía qué hacer con las manos. Nunca me habían tocado así, nunca había sentido nada como esto y me sentía indefensa. Me pasó los dedos por el cuello, por el hombro, me agarró de la cintura y tiró de mi sudadera, apretándola en el puño. El corazón me latía de manera errática en el pecho, con más fuerza y velocidad de lo que lo había hecho nunca, y jadeé cuando se movió contra mí, jadeé mientras me ahogaba, sentí que me quedaba sin huesos cuando se separó, me besó la garganta, saboreó la sal de mi piel. Un susurro. Un suave susurro de mi nombre, una mano detrás de mi cabeza y, súbitamente, una explosión desesperada en mi pecho. Me besó con un fuego que nunca, jamás, había experimentado. Me quedé inerte, me temblaba todo, mi cerebro no lograba conjurar un pensamiento.

Me aparté, retrocedí, me caí de la tierra.

Apoyé mi cuerpo líquido contra el banco, incapaz de respirar, convencida de que no iba poder volver a sostenerme en pie nunca. No entendía lo que acababa de pasar, no sabía cómo había pasado. Solo sabía que probablemente no fuera nada bueno. Sería muy malo. Estaba casi segura de que había sido un error.

Ali me miró, me observó y luego apartó la mirada. Se levantó demasiado rápido y se pasó ambas manos por el pelo. Parecía que había entrado en pánico.

—Dios mío —murmuró negando con la cabeza—. Dios mío. Lo siento. Lo siento mucho. No…

Ali no podía recuperar el aliento, podía verlo desde aquí, incluso en la penumbra. Parecía tan conmocionado como yo y su agitación me reconfortó, me hizo sentir menos perdida. Menos trastornada.

Me puse de pie con un tambaleo.

Tenía que marcharme. Lo sabía. Sabía que tenía que irme a casa, llegar allí de algún modo, pero mi corazón no se calmaba. Me daba vueltas la cabeza. Nadie me había besado nunca. Nadie me había tocado antes, no de ese modo, no así, no como él. Estaba aquí de nuevo, sus manos alrededor de mi rostro, su boca suave y húmeda con ese ligero sabor a tabaco. Estuvieron a punto de cederme las rodillas mientras él me abrazaba, separaba mis labios con los suyos, me besaba con tanta intensidad que gemí, emití un sonido que no sabía que existiera. No podía creer que esto estuviera pasando. Estaba segura de que estaba soñando, de que la mente me estaba fallando. Me besó la mejilla, la barbilla, me rozó la mandíbula con los dientes, sus brazos me atrajeron hacia él, me estrecharon con más fuerza. Noté cada centímetro de él bajo mis manos, lo sentí moverse, percibí que su cuerpo se endurecía hasta volverse sólido, una pared de puro músculo. Su aroma y su piel me golpearon, me confundieron. Lo aspiré como si fuera algo esencial y la sensación resultante fue tan desgarradora que rompió algo vital dentro de mí, hizo que mi conciencia volviera a la vida.

Esto era demasiado.

No tenía ni idea de qué estaba haciendo. No tenía ni idea de qué había hecho, de qué había deshecho. Necesitaba espacio, necesitaba tiempo, necesitaba… necesitaba respirar.

Me aparté desesperadamente para intentar tomar aire.

Me temblaban las manos. Ali respiraba con dificultad. Se quedó allí con aspecto inestable, con los ojos cerrados. Los abrió.

—Shadi —dijo—. Shadi.

Negué con la cabeza. Negué con la cabeza una y otra y otra vez.

—Lo siento —murmuró—. No… no quería…

Corrí a casa.

DIECISÉIS

Era un cadáver tumbado en la cama con la cara hacia el techo, el cuerpo congelado y sin ganas de calentarse. Observé como si estuviera fuera de mí misma cómo la luz de la luna se colaba entre los huecos de mi persiana mal diseñada y esparcía luz por el techo como si fueran palomitas de maíz creando constelaciones.

Mi padre volvería a casa al día siguiente.

Me había enterado cuando había llegado con el cerebro hecho papilla. Me había sorprendido una lluvia torrencial mientras volvía a casa y los efectos habían sido milagrosos. Estaba mojada, totalmente empapada y patética y mi madre estaba demasiado ocupada regañándome por mi desconsideración como para fijarse en las pruebas de la presencia de lágrimas recientes en mi rostro o, peor aún: de la evidencia de la boca de otra persona en mis labios, mis mejillas, mi barbilla y mi cuello. Manos, manos por todo mi cuerpo.

Estaba ardiendo bajo la ropa empapada. Me sentía febril. Me empujó a la ducha, me puso ropa limpia y me obligó a sentarme en el sofá con una taza caliente de té. Me hundí en el inesperado confort, saboreé las atenciones que tanto tiempo llevaba temiendo obtener de mi madre. Ni mi hermana ni ella parecían recordar la horrible escena que había tenido lugar un rato antes, ambas estaban demasiado distraídas por las buenas noticias, tan buenas que casi me ahogué con el té que me quemó la garganta.

Mi padre vendría a casa al día siguiente.

No podía dejar de mirar a mi madre, la sonrisa en su rostro. Creía que ella y yo compartíamos un entendimiento tácito de la situación. Creía que estábamos de acuerdo. Pero ella parecía alegrarse por la noticia, agradecerlo incluso.

Me había quedado helada cuando me lo había dicho y había intentado esbozar una sonrisa.

Et tu, Brute?, pensé.

Me había convencido de que moriría. Su última estancia en el hospital había durado dos semanas, todo el mundo esperaba lo peor. Había hecho planes para su muerte, me había imaginado mi futuro en su ausencia. Me había hecho a la idea de que su muerte era una conclusión inevitable. Su primer infarto me había parecido una especie de justicia poética de la que lleva a cabo el Justísimo y que hace posible la Providencia.

Dios, ¿me estás castigando por haber besado a un chico?, pensé.

Había prestado atención, por supuesto, siempre escuchaba los detalles que mi hermana y mi madre compartían sobre la situación de mi padre. Tras el primer infarto le habían hecho algo que se llamaba angiografía coronaria, que les ayudó a determinar exactamente dónde se había producido el bloqueo. Después de eso, le habían puesto un *stent* en el corazón, un procedimiento relativamente sencillo que consistía en insertar una pieza de metal en una arteria bloqueada para ayudar a abrir la válvula y aumentar el flujo sanguíneo al corazón. En ese momento nos había parecido un procedimiento aterrador, pero le habían dado el alta unos días después y, tras un par de noches en casa, había podido volver a trabajar. Todos creían que estaría bien.

Cuando tuvo lugar el segundo infarto, las cosas se complicaron.

Este había sido peor. Más agresivo.

Se le había formado un coágulo de sangre donde le habían colocado el *stent* que lo había cerrado todo. Ahora había auténtico miedo incluso en las voces de los médicos. Decían que era extremadamente raro que sucediera algo así, que tal vez mi padre podía correr un riesgo mayor del que sospechaban. De repente, habían empezado a hablar de cirugía a corazón abierto. Ya no lo estaban examinando por un infarto, sino por una enfermedad cardíaca.

Había sido confuso.

Mi padre era un hombre sano que no fumaba, no bebía y no comía grandes cantidades de carne roja. Hacía ejercicio con regularidad y parecía estar bastante en forma para su edad. Sin embargo, su colesterol había alcanzado unos niveles estratosféricos, algo que los médicos habían determinado que había sido el resultado de un estrés externo abrumador. Estrés emocional.

Los médicos querían evitar a toda costa la operación a corazón abierto. Era una cirugía extremadamente arriesgada con efectos secundarios devastadores y una larga recuperación, así que preferían probar primero una vía alternativa. Más *stents*, betabloqueadores, estatinas... eran palabras que oía una y otra vez. Habían llevado a cabo un par de procedimientos más, pero cada uno lo había dejado más débil y letárgico y necesitaba una recuperación más larga. La angioplastia (el procedimiento quirúrgico que precede la colocación de un *stent*) requería que le abrieran una vena en el muslo y la última vez que lo había visto estaba tumbado con una bolsa de arena en el regazo como precaución para evitar que se le abriera la herida. Habían estado monitoreándolo más tiempo del habitual, lo habían mantenido en el hospital hasta que sus niveles habían bajado a cierto número. Tenía el colesterol tan alto que les preocupaba que tuviera otro infarto.

Habían dicho que el siguiente podría acabar con su vida.

A mí no me cabía duda de que lo haría. Había estado esperando esa llamada, el momento que redefiniría mi vida, que le daría sentido a la muerte de mi hermano, que establecería una especie de equilibrio existencial. Había estado esperándolo, rezando por que llegara…

Y ahora volvía a casa.

No sabía cómo sentirme.

No sabía que quisiera sentir algo en absoluto.

Suspiré mientras me daba la vuelta y presioné el rostro frío contra la almohada fría. Estaba acurrucada como un brote de helecho, un pie congelado contra el otro. Por mucho que intentara crear fricción bajo las pesadas mantas, mi cuerpo no entraba en calor. Estaba temblando. Cerré los ojos con fuerza y escuché el débil tictac del reloj sobre el escritorio. Escuché mi corazón acelerado.

Nunca había dejado de latir.

Mi corazón latía con tanta fuerza que estaba empezando a asustarme, a hacerme daño. Incluso ahora en mitad de la noche me martilleaba el pecho y me hacía imposible respirar. No sabía cómo describir lo que estaba sintiendo, lo que estaba pensando. Había estado intentando ignorarlo toda la noche, intentando enterrarlo como enterraba todo lo que me preocupaba, pero esto… esto era diferente. Había perdido la cabeza cuando más expuesto estaba mi corazón, cuando era fácil atravesarlo. Me había dado cuenta de que la recuperación sería lenta.

Pensé en Dios.

Había roto una regla al besar a Ali, había violado el dogma y les había dado una patada a las leyes religiosas. No era la primera vez que lo hacía y, claramente, tampoco sería la última, pero aun así estaba desconcertada.

Sabía que incluso Mehdi se habría sorprendido.

Mehdi era tres años mayor que Ali y las vidas de ambos se habían cruzado como la hacían los de su estrato. Ali y

Mehdi formaban parte de ese grupo específico de adolescentes musulmanes guapos que solo se presentaban en la mezquita de vez en cuando, normalmente para eventos importantes y festividades, a las cuales a menudo iban obligados por sus padres. Consideraban que la religión era al mismo tiempo conveniente y ridícula y, en general, no estaban seguros de Dios. Pero precisamente su falta de convicción les facilitaba integrarse, les facilitaba pertenecer a muchos grupos, al contrario que a mí.

Siempre había envidiado ese tipo de libertad. A menudo pensaba que habría sido más fácil ser esa clase de musulmana poco entusiasta, una que podía alejarse más fácilmente de la fe para ser aceptada.

Me preguntaba cómo sería quitarme esta piel cuando me fuera conveniente para que el mundo dejara de considerarme una cucaracha. Me daba miedo no llegar a averiguarlo nunca. Siempre llevaba conmigo una carga de convicción que no podía dejar de lado. No podía negar las creencias que me formaban más de lo que podía negar el color de mis ojos.

Era una vida solitaria.

No había refugio para mi tipo de soledad. No era lo bastante iraní para que me aceptaran los iraníes, ni lo bastante estadounidense para que me aceptaran mis compañeros. Tampoco era lo bastante religiosa para la gente de la mezquita ni lo bastante secular para el resto del mundo. Siempre vivía en el plano incierto de un guion.

Cerré los ojos e inspiré profundamente.

Incluso ahora podía sentir los labios de Ali en mi cuello, podía olerlo como si se hubiera quedado atrapado ahí, en mi piel. Abrí los ojos.

Finalmente, había demostrado que Zahra tenía razón.

Por fin había cruzado la línea que ella tanto temía que cruzara. Por fin había cedido el control, me había entregado. No tenía intención de contarle a nadie lo que había sucedido entre Ali y yo esa noche, pero aun así me imaginé el rostro de Zahra, su indignación.

Por primera vez, me di cuenta de que no me importaba en absoluto.

EL AÑO ANTERIOR

CUARTA PARTE

Había sido un día extraño y agotador. Me había despertado tarde, había tenido que correr para ir a clase, me había puesto la sudadera equivocada, me había peleado con mi mejor amiga y había ido dando tumbos de una clase a otra. Había empezado el día con mal pie y me había pasado el resto de la jornada intentando compensarlo, esperando salvar lo que quedaba de la tarde. Y hasta hacía quince segundos, creía que lo había logrado. Creía que había sobrevivido a lo peor. Pero ahora... me preguntaba si este día acabaría matándome después de todo.

¿Podemos hablar?

Llevaba quince segundos mirando ese mensaje. Me había quedado ahí, congelada en mi habitación, paralizada por la indecisión.

Hoy, tras meses de tensión, Zahra y yo habíamos logrado encontrar el camino de regreso a algo parecido a la normalidad. Las cosas habían sido inestables entre nosotras durante mucho tiempo, sus cambios de humor eran particularmente difíciles de manejar, pero empezaba a sentir la esperanza de que pudiéramos arreglar las cosas. Zahra había sido sorprendentemente cruel conmigo en varias ocasiones, pero no me resultaba difícil perdonar sus deslices, sobre todo porque entendía por lo que estaba pasando.

Por lo que estábamos pasando todos.

Era una época horrible, tanto política como emocionalmente, para todos los estadounidenses, pero dolía especialmente que nos hicieran sentir que no podíamos unirnos, que no teníamos derecho a llorar junto a nuestros conciudadanos. Los musulmanes estadounidenses teníamos mucho por lo que llorar, más de lo que la mayoría de la gente se molestaba en imaginar. Estábamos desolados no solo por la horrible tragedia que había caído sobre nuestro país, sino también por las desastrosas consecuencias que afectaban a nuestras comunidades religiosas y las pérdidas personales que sufríamos (muertes y desapariciones de amigos y familiares) en las guerras en el extranjero. Pero a nadie parecía importarle, nadie quería escuchar nuestro dolor.

La mayoría de los días, entendía el motivo. Otros días, quería gritar.

Era una época solitaria y de aislamiento. No quería perder a Zahra, sabía lo complicado que era encontrar a una auténtica amiga, sobre todo ahora.

Pero Ali también era mi amigo.

Levanté la cara y miré por la ventana. Me vibró el móvil.

Puedo pasarme.

Zahra se equivocaba. Sus acusaciones eran infundadas. No había nada entre Ali y yo. Nunca nos habíamos enrollado, no habíamos hecho nada inapropiado. Pero la verdad no parecía importar. Cada vez tenía más claro que el único modo de mantener a ambos hermanos en mi vida era mantener a Ali a distancia, una tarea que estaba demostrando ser más complicada de lo que me había imaginado. Había existido una carga de bajo voltaje entre nosotros desde que era lo bastante mayor para recordarla y en algún momento del año anterior se había encendido por fin la chispa, había prendido. Yo había intentado ignorarla desesperadamente. Ali no.

¿Solo unos minutos?, contesté.

Vale.

Otra vibración.

¿En el mismo sitio?

La culpa se apoderó con brevedad de mi mente y me paralizó los dedos.

Dos veces. Habíamos quedado dos veces antes. Solo dos veces y las dos en este último mes, pero de algún modo ya teníamos un «sitio». Ali y yo habíamos pasado mucho tiempo juntos a lo largo de los años, pero nunca lo habíamos programado, nunca habíamos alineado nuestras vidas con el propósito expreso de estar juntos a solas. No hasta que me había escrito aquella primera vez…

¿Puedes salir?

Y yo había salido por la puerta.

—¿Qué pasa? —le pregunté, corriendo hacia él. Me faltaba el aire y estaba confundida, intentaba descifrar la expresión de su rostro—. ¿Va todo bien?

—Vaya. —Ali negó con la cabeza y sonrió—. Vale, no me había dado cuenta de que tuviera que morir alguien para poder pasar un momento a solas contigo.

De repente me quedé extremadamente quieta.

—¿Qué?

—Solo quería verte —dijo—. ¿Te parece bien?

—Ah. —No podía calmar la respiración—. Ah.

Se rio.

—¿Quieres decir… que no tienes nada importante que decirme? —pregunté con el ceño fruncido.

Se rio de nuevo.

—Pues no.

—¿Solo querías verme?

Sonrió hacia el cielo.

—Sí.

—Pero nos vemos todos los días.

Finalmente, me miró a los ojos. Respiró hondo.

—Shadi.

—¿Sí?

Se metió las manos en los bolsillos y asintió hacia la acera.

—Vamos —dijo en voz baja—. Camina conmigo.

Esa había sido la primera vez.

La segunda vez... No había tenido ninguna excusa para verlo por segunda vez. Probablemente, había sido un error, el tipo de decisión que nace de un deseo simple y reflexivo. Me gustaba decirme a mí misma que no había pasado nada porque de verdad no había nada. Estaba haciendo los deberes mientras comía golosinas cuando me había escrito, así que había cerrado la carpeta y me las había llevado.

Aquel día dimos otro paseo y nos fuimos pasando las gominolas. No pretendíamos ir a ningún sitio en particular, pero acabamos en la biblioteca que había cerca de mi casa, que era donde siempre le decía a mi madre que iba a ir de todos modos.

Perdí rápidamente la noción del tiempo. Estábamos sentados en un banco dentro del edificio hablando de todo y de nada. En un momento me reí tanto por algo que había dicho que estuve a punto de morir atragantada con una golosina. Después de eso, me esforcé por mantenerme más seria, lo que solo sirvió para ponerme más nerviosa, y eso puso en relieve la verdad sin nombre que había entre nosotros.

A Ali no le importaba el silencio.

Me miró fijamente en silencio y pude sentirlo, sentir todo lo que no decía. Estaba en el modo en el que respiraba, en cómo se movía a mi lado, en cómo su mirada se posaba brevemente en mis labios. Me temblaban las manos. Dejé caer la bolsa de gominolas y se esparcieron todas por la calle. Se me aceleró el corazón cuando observé el desastre, las bolitas rosas y moradas que se detenían en las grietas de cemento. Todos mis instintos me gritaban que algo estaba a punto de suceder.

Acababa de levantar la cara para mirarlo cuando me sonó el móvil.

Era mi madre. Mi madre, quien me hizo notar con enfado que el sol ya casi se había puesto y quien me exigió que volviera a casa. Colgué y me sentí como una luz moribunda, parpadeando antes de apagarse del todo. No me atrevía a mirar a Ali a la cara.

No sabía qué decir.

Nunca le habría dicho lo que estaba pensando realmente, que era que quería quedarme con él ahí para siempre. Había sido un pensamiento sorprendente. Aterrador por las demandas que imponía a nuestros cuerpos. De algún modo, él pareció entenderlo.

—Sí —dijo en voz baja—. Yo también.

De vuelta al presente, respiré hondo y volví a mirar por la ventana. Sentía una opresión en el pecho como si mi corazón estuviera empujando, tirando, intentando escapar. La mera imagen de su nombre en mi móvil me provocaba un paroxismo de emociones que no podía ignorar. Pero, de un modo u otro, siempre había algo que me obligaba a alejarme de él y sabía (aunque no sabía por qué) que esta tercera vez sería la última.

Sí, contesté.

En el mismo sitio.

Salí a la luz de un sol poniente.

El tiempo había vuelto a cambiar de opinión, el cielo se había despejado y habían subido las temperaturas la segunda mitad del día. Era una tarde de finales de septiembre cálida y fragante, la luz empezaba a dorar las calles. Era una de esas extrañas horas doradas llenas de promesas.

Estaba tan segura de mi decisión de ver a Ali durante unos pocos minutos que ni siquiera les había dicho a mis padres que me iba. Vivíamos en un barrio tranquilo y seguro, un lugar por el que solo pasaban los que vivían ahí, lo cual significaba que normalmente las calles estaban vacías. Silenciosas.

Desaparecí por el patio y me deslicé por la puerta trasera. Supuse que habría vuelto antes de que se dieran cuenta de que me había ido. Miré el sol mientras caminaba, sentí el viento rodeándome. En días como este, me imaginaba a mí misma moviéndome grácilmente, con el cuerpo inspirado por la elegancia de la brisa, por la luz favorecedora. La mayor parte del tiempo, este tipo de silencio me calmaba.

Sin embargo, hoy apenas podía respirar.

Solo sentía nervios mientras me acercaba al final de la calle. Intentaba desesperadamente calmar mi corazón acelerado, acabar con las mariposas atrapadas entre mis costillas.

Ali estaba sentado en la acera.

Se levantó cuando me vio y me miró hasta que lo cegó la luz dorada. Se cubrió la cara con el antebrazo y giró el cuerpo para darle la espalda al sol. Durante un instante, pareció atrapado en una llama.

—Hola —dije en voz baja.

Al principio, Ali no dijo nada. Luego tomó aire bruscamente.

—Hola —dijo y exhaló.

Encontramos sombra bajo un árbol y nos quedamos ahí. Contemplamos las hojas, las ramas. Me pregunté cómo de rápido podía latir un corazón antes de romperse.

Ali estaba mirando una señal de *stop* cuando dijo:

—Shadi, no puedo seguir haciendo esto.

De un modo casi imposible, mi corazón encontró el modo de latir más rápido.

—Pero no estamos haciendo nada —contesté.

Me miró a los ojos.

—Lo sé.

Quería sentarme. Tumbarme. Mi mente no estaba del todo segura de lo que estaba pasando, pero mi cuerpo, débil y febril, no tenía ninguna duda. Incluso mi piel parecía saberlo. Tenía cada centímetro tenso por el miedo, por el sentimiento. Sentía un extraño deseo de buscar una pala y enterrarme bajo el peso de todo.

Ali apartó la mirada y emitió un sonido parecido a una risita. Abrió la boca para hablar tres veces, pero todas ellas se interrumpió. Finalmente, dijo:

—Por favor, di algo.

Lo miré. No podía dejar de mirarlo.

—No puedo.

—¿Por qué no?

Me horrorizó oír que me temblaba la voz cuando respondí:

—Porque tengo miedo.

Dio un paso hacia mí.

—¿Qué te da miedo?

Susurré su nombre prácticamente como una súplica, una petición de clemencia.

—Sigo esperando, Shadi —me dijo—. Sigo esperando a que este sentimiento desaparezca, pero solo empeora. A veces siento que me está matando.

Se rio. Yo no podía respirar.

—¿Tan raro es? —continuó. Vi que le temblaban las manos antes de que se las pasara por el pelo—. Creía que se suponía que estas cosas tenían que hacer feliz a la gente.

Algo me desbloqueó la lengua en ese momento. Me soltó los huesos.

—¿Qué tipo de cosas?

Se giró para mirarme y dejó caer los brazos a los lados.

—Ya lo sabes. Ni siquiera sé exactamente cuándo me enamoré de ti. Fue hace años.

Por un momento, pensé que los pies se me estaban hundiendo en la tierra. Miré hacia abajo, miré hacia arriba, oí los latidos de mi corazón. Inconscientemente, di un paso atrás y estuve a punto de tropezar con las enormes raíces de un árbol cercano.

—Shadi, te quiero —dijo dando un paso hacia mí—. Siempre te he querido y…

—Ali, por favor. —Se me llenaron los ojos de lágrimas. No podía dejar de negar con la cabeza—. Por favor. Por favor. No puedo hacer esto.

Se quedó callado tanto rato que casi me asustó. Lo vi tragar saliva. Lo vi esforzarse por recomponerse, por ordenar sus pensamientos y luego, en voz baja, preguntó:

—¿Qué no puedes hacer?

—No puedo hacerle esto. A Zahra.

Algo parpadeó en su mirada. Sorpresa. Confusión.

—¿Qué no puedes hacerle a Zahra?

—Esto. Esto…

—¿Qué es esto, Shadi?

Atravesó la distancia que quedaba entre nosotros y de repente estaba justo delante de mí. No podía pensar con claridad.

Parecía que el corazón me gritaba, me latía con fuerza contra el pecho. Quería tocarlo desesperadamente, decirle la verdad, admitir que la mayoría de las noches me dormía pensando en él, que veía su rostro en casi todos mis recuerdos favoritos.

Pero no lo hice.

No podía hacerlo.

El sol surcaba el cielo y pintaba su rostro con etéreas cintas de colores, desdibujando los contornos. Sentía que estábamos desapareciendo.

No pude evitarlo y susurré:

—Ahora mismo pareces un cuadro de Renoir.

Él parpadeó.

—¿Qué?

—Lo siento, no sé por qué…

—Shadi…

—Por favor —lo interrumpí. Se me estaba quebrando la voz—. Por favor, no me obligues a hacer esto.

—No te estoy obligando a nada.

—Sí. Me estás haciendo elegir entre tú y Zahra. Y no puedo. Sabes que no puedo. No es un combate justo.

Ali negó con la cabeza.

—¿Por qué tendrías que elegir? Esto no tiene nada que ver con mi hermana.

—Todo tiene que ver con tu hermana —repliqué, desesperada—. Es mi mejor amiga. Esto… lo nuestro… arruinaría mi relación con ella. Arruinaría tu relación con ella.

—¿Qué? ¿Cómo? ¿Qué estamos haciendo mal?

—Tú no lo entiendes —espeté—. Es complicado…

—Por Dios —exclamó y se dio la vuelta—. Odio a mi hermana.

Sentí que el espíritu de lucha me abandonaba, la emoción desaparecía de mi cuerpo.

—Ali. Ese es el problema. Ese es precisamente el problema.

Se quedó quieto.

—Por el amor de Dios, Shadi, dime simplemente qué quieres tú. ¿Me quieres? ¿Quieres estar conmigo? Porque si es así, eso es lo único que importa. Podemos arreglárnoslas con lo demás.

—No podemos —insistí—. No es tan sencillo.

Él negaba con la cabeza.

—Sí que es sencillo. Necesito que sea sencillo. Porque no puedo seguir haciendo esto. Ya no puedo soportarlo. No puedo verte todos los días y fingir que no me estoy muriendo por dentro.

—Tienes que hacerlo.

Se quedó repentinamente quieto. Vi cómo pasaba, cómo se tensaba, cómo se enderezaba en tiempo real. Y luego, dos palabras, tan crudas que eran como si se las hubiera arrancado del pecho:

—No puedo.

Pensé que iba a perder la cabeza de verdad en ese momento, pensé que iba a echarme a llorar o, peor aún, besarlo en lugar de buscar en mi mente una respuesta, una solución a esta locura, y aproveché el estúpido pensamiento que se me pasó por la cabeza. Hablé con imprudencia, con prisas y antes de tener la oportunidad de pensármelo bien:

—Entonces, tal vez... tal vez lo mejor sea que no nos veamos. Quizás deberíamos desaparecer de la vida del otro.

Ali retrocedió, dio un paso atrás como si lo hubiera golpeado. Esperó lo que me pareció una eternidad a que hablara, a que me retractara, pero mis labios se habían quedado quietos, mi mente era demasiado estúpida para navegar por este laberinto de emociones. No sabía lo que acababa de hacer.

Finalmente, sin decir nada, Ali se marchó. Desapareció hacia el agonizante atardecer.

Esa noche, mientras lloraba hasta quedarme dormida, me di cuenta de que le habría hecho menos daño si me hubiera limitado a clavarle una estaca en el corazón.

DICIEMBRE DE
2003

DIECISIETE

A parté las mantas de una patada y salí de la cama.
No podía dormir. Probablemente, no lograría conciliar el sueño con el lío que tenía en la cabeza y en el corazón. Me envolví en la manta, abrí lentamente la puerta de la habitación y bajé las escaleras. Todos los dormitorios estaban en la misma planta, lo que hacía que el salón fuera una zona segura por la noche.

Una vez abajo, encendí la luz.

La escena cobró vida y el ininterrumpido zumbido de la electricidad me llenó de una vaga tristeza. Comedor, cocina, salón. Todo parecía frío sin mi madre ahí. Me desplomé en el sofá y me envolví con la manta con la esperanza de adormecer mi mente con un opiáceo de confianza.

Encendí la tele. No encontré nada bueno.

En la parte inferior de la pantalla aparecían letreros de ÚLTIMA HORA, una marquesina que detallaba las tormentas que tendría que soportar en clase las próximas seis semanas. En ese momento, los presentadores del noticiario estaban discutiendo la posibilidad de que hubiera otros miembros de al-Qaeda encubiertos viviendo aquí, en Estados Unidos. Unos datos nuevos sugerían que podían haber llegado al país al mismo tiempo que los secuestradores del 11S. Actualmente los estaban buscando.

Apagué la tele.

El FBI había estado llamando a miembros de nuestra congregación recientemente, interrogándolos por teléfono y asustándolos. Se había asignado agentes a tantas personas que algunos se lo tomaban como una especie de broma.

A mí no me parecía nada gracioso.

Los interrogatorios aleatorios estaban creando divisiones, nos hacían cuestionarnos y desconfiar unos de otros. La comunidad musulmana nunca había sido perfecta, siempre habían existido bichos raros y desacuerdos con una generación quisquillosa de ancianos racistas y sexistas demasiado pegados a la cultura y la tradición para ver las cosas con claridad.

Pero también teníamos mucho más.

Alimentábamos a los pobres, trabajábamos constantemente como voluntarios, organizábamos diálogos de paz y acogíamos a refugiados. Casi todos los niños de la mezquita habían nacido de padres que habían huido de la guerra de otro país o que habían venido en busca de oportunidades mejores y más seguras para sus familias. Habíamos construido juntos un santuario, una casa segura para los que estarían marginados de otro modo. Adorábamos nuestra mezquita. Nos encantaba reunirnos allí, para celebrar festividades y fiestas sagradas.

Pero las cosas estaban cambiando.

El FBI no solo interrogaba a la gente, sino que también buscaba reclutas dentro de la congregación. Ofrecían grandes sumas de dinero a cualquiera que estuviera dispuesto a espiar a sus amigos y familia. Lo sabíamos porque la gente compartía sus historias de miedo después de las plegarias, se paraban cerca de la salida con un solo zapato gesticulando salvajemente a los demás. Por supuesto, lo que no sabíamos era quién se había convertido. No sabíamos quiénes de entre nosotros habían aceptado el cheque y, como resultado, estábamos a punto de devorarnos vivos.

Esa idea me dio hambre.

Me preparé un cuenco de cereales y me senté bajo la luz en la mesa de la cocina. Hubo un tiempo en el que mis padres mantenían la cocina completamente abastecida, en el que las comidas eran un momento de reunión y una comida abundante y deliciosa era la mejor solución a los problemas. Ahora, cuando abría la nevera, encontraba leche, pepinillos arrugados y un cartón de huevos. En la despensa teníamos poco más aparte de pasta de tomate enlatada, una caja de cereales, hierbas secas y ramen, una opción perfecta para la cocina eléctrica que solo servía para hervir agua.

Escuché el zumbido de las luces.

Tomé otro bocado de cereales fríos, temblando mientras intentaba recordar dónde había dejado el móvil. Había sido más fácil de lo que pensaba estar sin él, no me servía de mucho sin Zahra en mi vida. Aparte de ella, mi hermano era el único que contactaba conmigo alguna vez. Me dio un vuelco el corazón al pensar en eso; intenté mantener el control emocional, me metí otra cucharada de cereales en la boca y me obligué a pensar en no ahogarme. Y quizás en los deberes. Tenía una cantidad enorme de deberes.

No me apetecía mirar de cerca mis fracasos más recientes.

Fracaso número uno: la noche anterior había faltado a la clase de cálculo multivariable, lo que implicaba que, aunque sacara puntuaciones perfectas en todo, no obtendría más de un notable. Me parecía increíblemente injusto y, aunque se me pasó por la cabeza explicarle al profesor que mi madre había estado en el hospital, existía una mínima posibilidad de que no me creyera o, peor aún, de que me pidiera pruebas del colapso mental de mi madre. Eso fue suficiente para permanecer en silencio.

Fracaso número dos: había suspendido el examen del nivel avanzado de Historia del Arte. No me hacía falta esperar a que me dieran los resultados para saberlo. Había entregado el examen en blanco, iba a suspender. Aun así, cabía la posibilidad de que no fuera tan importante. A mi profesor le gustaba hacer un examen final que supusiera la mitad de la nota y, como acabábamos de empezar la segunda semana de diciembre, mi última oportunidad estaba a la vuelta de la esquina. De hecho, en un par de semanas tendría que sobrevivir a una avalancha de exámenes y no tenía ni idea de cómo iba a superarlos. Todavía había muchas cosas por delante… como las solicitudes de ingreso a la universidad, por ejemplo.

Solicitudes de ingreso a la universidad.

Inhalé de un modo tan brusco que tosí. Se me había metido leche y un trozo de cereal por el lado que no era. ¿En qué estaba pensando? No iba a llegar tan lejos. A la universidad. Se me llenaron los ojos de lágrimas y me los limpié con la manga, cubriéndome la boca mientras seguía tosiendo.

¿Iba a ir a la universidad?

¿Podría abandonar a mi madre aquí? Todo este tiempo que había pasado esperando a que muriera mi padre, también había estado pensando en mi futuro. Shayda estaba a punto de mudarse, de casarse. Con la ausencia de tres de los cinco, no creía que tuviera corazón para dejar a mi madre atrás.

Pero ahora…

Un brote de esperanza me subió por las costillas podridas. La única ventaja de que mi padre no muriera: podría marcharme.

Empezar de cero en otro sitio.

Cuando sonó el teléfono, me sobresalté tanto que me tiré los cereales por encima. Me levanté, dispersa, y fui a por una toalla. Me limpié lo mejor que pude, suspiré al ver la manta y consulté el reloj. Era casi medianoche, demasiado tarde para llamadas amistosas.

El miedo me atravesó cuando levanté el auricular.

—¿Hola? —pregunté.

Un latido.

—¿Hola? —volví a probar.

—*Babajoon, toh ee?*

Mi ritmo cardiaco ya errático se disparó. «Babajoon» era un término cariñoso, significaba literalmente «querida de papá» y oírlo sin previo aviso, con la voz inesperadamente tierna de mi padre...

Perdí la compostura.

Tomé aire y me obligué a sonreír.

—*Salam, baba* —dije—. *Khoobeen shoma?* —Muy formal. Siempre usaba los pronombres y conjugaciones más formales con mi padre, incluso para preguntarle cómo estaba.

—*Alhamdullilah. Alhamdullilah.*

No dijo que sí. No dijo que estuviera bien. Solo dijo «Gracias a Dios, gracias a Dios», lo cual podía significar un sinfín de cosas.

—¿Qué haces despierta a estas horas? —me preguntó en farsi—. ¿No tienes clase mañana? No recuerdo qué día es hoy.

Me mantuve firme mientras se me rompía ligeramente el corazón.

¿Cuánto tiempo llevaba en el hospital, drogado, haciéndose pruebas y sin poder recordar qué día era?

—Sí —contesté—. Sí que tengo clase mañana, pero no podía dormir.

Se rio. La fractura de mi corazón se profundizó.

—Yo tampoco —contestó suavemente. Suspiró—. Os echo mucho de menos.

Me aferré al teléfono desesperadamente.

—Maman ha dicho que volverías a casa mañana. Dice que estás mejor.

Se quedó callado.

—*Mamanet khabeedeh?* —«¿Tu madre está durmiendo?».

—Sí —respondí. Me ardían los ojos, amenazantes—. ¿Por qué? ¿Qué pasa?

—*Hichi, azizam. Hichi.* —«Nada, cariño. Nada».

Estaba mintiendo.

—¿Baba? —Ahora me aferraba al teléfono con ambas manos—. ¿Vas a venir mañana?

—No lo sé —murmuró en inglés—. No lo sé.

—Pero…

—*Babajoonam*, ¿podrías despertar a tu madre por mí? —preguntó volviendo al farsi.

—Sí —contesté rápidamente—. Sí, claro. Voy a…

—Me he alegrado mucho de oírte la voz —dijo sonando de repente como si estuviera muy lejos—. No te he visto mucho últimamente. ¿Has estado ocupada? ¿Cómo está Zahra?

Tenía los ojos llenos de lágrimas, el corazón traicionero roto. Mi padre se estaba muriendo. Mi padre se estaba muriendo y yo no había ido a visitarlo, no quería hablar con él, me había deleitado planeando su funeral. De repente, me odié a mí misma con una violencia que no era capaz de articular, con una pasión que estuvo a punto de dejarme sin aire.

—Sí —dije, temblorosa—. Zahra está bien. Está…

—*Khaylee dooset daram, Shadi joon. Midoni? Khayle ziad. Mikhastam faghat bedooni.* —«Te quiero mucho, Shadi, cariño. ¿Lo sabías? Muchísimo. Solo quería que lo supieras».

Las lágrimas me caían por las mejillas, aferré el teléfono contra mi pecho y reprimí un sollozo repentino poniéndome el puño en la boca.

Mi padre no hablaba así. Él nunca hablaba así. No tenía duda de que me quisiera, pero nunca lo decía en voz alta. Jamás. En toda mi vida.

—¿Shadi? *Rafti?* —«¿Te has ido?».

Oí su voz, débil y estática, con el auricular pegado a la camiseta. Me llevé de nuevo el teléfono a la oreja, tomé aire dos veces.

—Yo también te quiero, baba.

—*Geryeh nakon, azuzam. Geryeh nakon.* —«No llores, cariño, no llores»—. Todo irá bien.

—Voy a por maman —dije con los ojos llorosos y las manos temblorosas. Ya no confiaba en mí misma, no entendía mi corazón voluble—. Ahora vuelvo.

DIECIOCHO

Al amanecer, eché abajo la puerta de mi madre.

No había vuelto a dormir. Había subido corriendo las escaleras con el teléfono inalámbrico, había despertado a mi madre con la mayor suavidad posible y, en cuanto le había puesto el auricular en las manos, había salido a la puerta a esperar. Estaba en las sombras conteniendo el aliento. Esperaba que saliera, que me contara novedades sobre mi padre.

No había salido.

En lugar de eso, se había pasado horas llorando. Sus sollozos y su llanto amortiguado no eran más fáciles de ignorar que un grito desgarrador. Sentía que estaba a punto de vomitar sentada en el pasillo delante de su habitación, esperando en la oscuridad como una araña muerta con las piernas flexionadas abrazándome las rodillas. Me había estrechado a mí misma mientras esperaba a que parara, a que dejara de llorar, para volver a la cama. Había esperado tanto que había oído el chirrido de una bisagra, un cierre suave. Había oído que Shayda avanzaba por el pasillo, había sentido su calor cuando se había sentado a mi lado. Nuestros hombros se habían tocado. No se había estremecido.

No habíamos hablado.

Había llamado a la puerta de mi madre cientos de veces, había girado el pomo, pero no había habido respuesta. Me había levantado una vez más a golpear la puerta, le había gritado para que abriera. Solo había respondido una vez débilmente.

—Por favor, *azizam* —había dicho—. Quiero estar sola.

El sol se estaba acercando al horizonte dándole pinceladas de color al mundo, pintando las paredes blancas de nuestra casa con una belleza terrible y mórbida.

Me marché.

Bajé corriendo las escaleras ignorando las preguntas agudas e implacables de Shayda. Abrí de golpe la puerta que daba al garaje, busqué entre las herramientas de mi padre, agarré un martillo y volví a subir las escaleras. Me di cuenta de mi locura al ver la expresión horrorizada de Shayda. No me importó. Ya no podía soportarlo. Y menos ahora que sabía lo que estaba haciendo mi madre, por qué se escondía.

No podía quedarme ahí y permitir que sucediera.

Shayda me miró como si estuviera loca, intentó quitarme el martillo de la mano, insistió en que nuestra madre merecía tener algo de privacidad.

—Está enfadada —dijo Shayda con más suavidad de la que la creía capaz—. Se había hecho esperanzas con lo de baba. Por la mañana estará bien.

—Shayda —dije flexionando los dedos alrededor de la empuñadura—. Ya es por la mañana.

—Esto no está bien. Maman tiene derecho a estar sola. A veces es bueno llorar… puede que la haga sentir mejor.

La miré a los ojos.

—No lo entiendes.

—Shadi, para…

—Vuelve a la cama —le espeté a mi hermana mayor.

Abrió los ojos como platos.

—Madre mía, de verdad, has perdido la cabeza.

Blandí el martillo.

Shayda gritó. Lo volví a blandir tres veces más, destrocé el pomo barato de metal, astillé la madera. Le di una patada a la puerta y finalmente la abrí golpeándola con el hombro.

Dejé la herramienta en la alfombra y me encontré a mi madre en el baño.

Estaba sentada sobre las frías baldosas en bata y con las piernas desnudas extendidas delante de ella. Miraba el suelo como una muñeca rota con el cuello flácido y un par de tijeras para cutículas abiertas en una mano.

Vi las marcas de sus espinillas, los cortes que le rasgaban la piel, pero que todavía no se habían abierto. No estaba sangrando.

—Maman —murmuré.

Cuando levantó la cara, no parecía que fuera mayor que yo. Estaba aterrorizada, avergonzada. Sola. Las lágrimas le habían bañado las mejillas y la ropa.

—No pude hacerlo —dijo en farsi con la voz rota—. No lo hice. No pude hacerlo.

Me dejé caer de rodillas delante de ella. Le tomé la mano. Le quité las tijeras para cutículas de los dedos y las tiré a un lado.

—Sigo pensando en ti y en tu hermana —balbuceó mientras las lágrimas le caían por la cara—. No pude hacerlo.

La levanté y le sostuve la cabeza contra mi pecho mientras se desmoronaba en mis brazos. Su llanto era desesperado, entrecortado y desgarrador. Se aferró a mí como una niña, lloró como un bebé.

—Todo irá bien —susurré—. Vas a estar bien.

Sentí, pero no oí, un movimiento silencioso. Me giré con cuidado, lentamente para que mi madre no se diera cuenta. Shayda estaba ante la puerta rota contemplando la escena en un estado de incredulidad paralizante. Sentí amor verdadero por ella en ese momento, sentí que nuestras almas se unían, que nuestras vidas quedaban forjadas para siempre en un dolor similar.

Nos miramos a los ojos.

Se cubrió la boca con las manos y negó con la cabeza. Se marchó antes de que sus llantos pudieran sonar.

Mi madre fue a trabajar una hora después. Shayda y yo fuimos a nuestras respectivas escuelas. Para todo el mundo éramos la variedad común de musulmanas incomprensibles, todas iguales y fácilmente caricaturizables. Articulábamos las extremidades, movíamos los labios para emitir sonidos, sonreíamos a los clientes y saludábamos a los profesores.

El mundo siguió girando y mi mente con él.

Sentí un verdadero delirio mientras me movía con un agotamiento que nunca había conocido. Ni siquiera comprendía cómo seguía de pie todavía, me sentía como si lo estuviera escuchando todo desde la distancia, como si mi cuerpo no fuera mío. Mi mente tenía la velocidad de procesamiento de la melaza y me ardían los ojos constantemente. Necesitaba encontrar un modo de concentrarme, recordar cómo prestar atención. Una vez más, no había hecho los deberes que tenía que entregar ese día y me sentí avergonzada al ver que otros estudiantes entregaban sus redacciones y sus tareas y levantaban la mano para responder preguntas con oraciones claras y enfocadas. Ese mes estaba siendo más crítico que ningún otro y yo me estaba ahogando. Me ahogaba cuando necesitaba desesperadamente mantener la cabeza fuera del agua.

Mientras mi padre viviera, tenía intención de ir a la universidad. No quería quedarme aquí, pasar dos años en el centro de estudios superiores y acabar transfiriéndome. Quería marcharme cuanto antes. Quería irme y tal vez no volver nunca. Y quería entrar en una buena escuela.

Estuve a punto de gritar cuando oí un tiro.

Me enderecé de repente, hiperventilando, con el corazón acelerado en el pecho. Oí carcajadas, levanté la mirada, miré a mi alrededor y me di cuenta de que me había quedado dormida. Me sentaba al extremo derecho de la clase, pero estaba en primera fila y el profesor de nivel avanzado de Química, el señor Mathis, estaba delante de mi pupitre con los brazos cruzados negando con la cabeza. Me di cuenta de que a sus pies había un libro de texto enorme que había dejado caer a propósito.

Había sido una broma cruel.

Sentí que me sonrojaba, el calor me recorrió el cuerpo. La gente seguía riéndose. Me quedé sentada en la silla con la mirada clavada en el pupitre. Quería que me tragara la tierra.

—Lo siento —dije en voz baja.

—¿Quieres acostarte tarde? No es problema mío —dijo bruscamente el señor Mathis—. Duerme en casa, no en mi clase.

—Por supuesto. Lo lamento.

Me lanzó una mirada sombría. Continuó la clase. Me pasé el resto de la hora mirando el libro a mis pies, sintiendo que toda la sangre se me había salido del cuerpo y estaba acumulada en el suelo.

Mi padre no iba a volver a casa hoy.

No iba a morir todavía, pero tampoco iba a volver a casa ya y eso era lo único que entendía realmente en ese momento. Mi madre no había hablado mucho, no me había explicado más de lo que era absolutamente necesario y había rechazado profundamente mi sugerencia para asistir a un grupo de apoyo para padres en duelo. Había jadeado audiblemente cuando le había propuesto ver a un terapeuta. Se había mostrado tan indignada que me había asustado y por un momento había pensado que no volvería a hablarme nunca. Pero después se comió los huevos que le había preparado para desayunar.

Algo había cambiado entre nosotras esa mañana y todavía no sabía qué era, no había averiguado cómo definirlo. Pero solo mirándola a los ojos, supe que mi madre se había relajado muy ligeramente. Parecía aliviada, tal vez por no tener que seguir viviendo con un secreto tan aplastante.

—Estaré bien —seguía diciendo—. Estaré bien.

No la creía.

Pasé la hora del almuerzo durmiendo en una mesa de la biblioteca, con la cabeza apoyada sobre los brazos cruzados. Me daba la sensación de que acababa de cerrar los ojos cuando alguien me sacudió por el hombro y trajo mi esqueleto de vuelta a la vida. Me desperté de repente con los nervios débiles por un instante.

Cuando levanté la mirada, vi una mancha de color. Ojos. Boca.

—Noah.

—Hola —dijo con el ceño fruncido—. ¿Estás bien? Acaba de sonar la campana.

—Ah. —Intenté levantarme, pero me costó más de lo que esperaba—. ¿Qué... qué estás haciendo aquí?

—Se supone que comemos juntos, ¿recuerdas? —Sonrió de repente—. He traído un periódico y todo. Pero tu amiga Yumiko me ha dicho que la habías dejado colgada para venirte a la biblioteca.

Puse mala cara. Recordaba vagamente haberme topado con ella y haberle dicho que pasaría la hora del almuerzo en la biblioteca. Era como si esa conversación hubiera tenido lugar un siglo antes.

—¿Has traído un periódico?

La sonrisa de Noah se ensanchó.

—Sí.

Me reí, recogí mis cosas, aturdida, y me moví por la sala con marcada lentitud. Quería decirle que había sido todo un detalle, pero me pareció demasiado esfuerzo.

—Oye, ¿qué te pasa? ¿Estás enferma?

Escuché su voz como si proviniera de las estrellas.

Negué con la cabeza y ese movimiento bastó para marearme. Quería decirle que solo estaba cansada, pero no estaba segura de poder conseguirlo. Mis pies se movían con una lentitud aún mayor que la de mi mente y de repente tropecé con mis propios zapatos. Me sostuve contra una mesa de investigación y la esquina se me clavó en el abdomen. Jadeé mientras me estabilizaba, recuperando el aliento.

Miré hacia arriba, hacia la salida, y me pregunté por qué parecía estar tan lejos.

Alguien me tocó.

Giré la cabeza como si estuviera atravesando paneles de cristal y los fragmentos se me clavaron en la cara. Noah. Noah estaba aquí, con una mano en mi brazo, inclinado sobre mí.

—Shadi —dijo—, ¿te encuentras bien?

Oí su voz como si me hubiera imaginado un sonido lento, fuerte y con reverberación.

Vi color. Destellos.

¿Estás. Dijo. Bien?

¿Estás Necesitas ver Ir a la enfermería o tal vez ver, ir a casa?

Cuando me caí, lo sentí.

Oí a alguien gritar, sentí algo blando, unos brazos cálidos, un aterrizaje suave, un jadeo, la moqueta áspera debajo de mi cara, mis ojos cerrados. Oí ruido, mucho ruido, fuerte y redondo. Me estremecí. Intenté abrir los ojos. Se negaron.

Mis labios, por otra parte, respondieron.

—Por favor. —Mi boca se movía contra la moqueta, tenía la nariz llena de polvo. Sentía que todo se movía, mi cuerpo giraba.

Alguien me estaba hablando. Había unas manos en mi espalda.

—Por favor —susurré—. Que no llamen a mi madre. Ella no… No… Por favor… —dije sintiendo que iba a la deriva.

No sabía si estaba soñando.

«Que no llamen a mi madre», intenté decir. Intenté gritarlo. «Por favor».

DIECINUEVE

Zahra había redecorado.

Primero vi su techo, una superficie blanca y lisa sin manchas, sin interrupciones de lámparas ni gotelé y sin telarañas a la vista. Giré la cabeza un micromilímetro en mi tumba de almohadas y vi su nuevo escritorio con su nuevo ordenador, una pila de libros, maquillaje y un espejo pequeño. Vi una lámpara nueva (todavía encendida) en un rincón. Vi la misma cesta de ropa sucia, los mismos seis ganchos en la pared de los que colgaban un montón de bolsos. Una única zapatilla intentaba salirse del armario, de cuyo tirador colgaba un adorno contra el mal de ojo.

Había cometido un gran error.

Lo intenté, pero no pude mover los brazos. Todavía no. Me sentía pesada, olvidada bajo cemento endurecido. Abrí la boca, me humedecí los labios, recordé que tenía dientes.

No sabía cuánto tiempo llevaba durmiendo, pero una única mirada hacia la ventana oscura de Zahra bastó para despertar mi miedo. Me senté de golpe y al instante me arrepentí, la cabeza me palpitó de dolor.

Me levanté y sentí un rasguño familiar contra las costillas. Me metí la mano por debajo de la camiseta para sacar el periódico del día de mi cintura y lo tiré enseguida a la papelera de Zahra. Esa imagen me provocó un destello de memoria.

Noah.

Recordaba vagamente estar sentada en la enfermería. Recordaba vagamente que Noah estaba conmigo, me había medio llevado hasta allí. Había traído un periódico. Ese pensamiento casi me hizo sonreír. Fue un extraño rayo de luz en mitad del caos pensar que de algún modo había hecho un amigo nuevo, que tal vez no estuviera tan sola el resto del curso escolar. Entonces, recordé el sonido de mi propia voz suplicando mientras estaba sentada en una dura silla de madera con los ojos cerrados que no llamaran a mi madre.

No lo había pensado bien.

«Por favor, no llaméis a mi madre» había sido lo único que había podido decir, la única neurona funcional de mi cerebro había gritado esa única directiva.

No había pensado a quién llamarían en su lugar.

Mi padre estaba en el hospital. Shayda no estaba en mis contactos de emergencia, pero todavía recordaba el formulario que había tenido que rellenar el padre de Zahra el día que había ido a recogerme tan solo tres meses antes.

Los padres de Zahra estaban en mi expediente.

Me quedé quieta en el dormitorio de mi ex mejor amiga y me miré en el espejo, el que tenía encima de la cómoda, el que había estado ahí desde que la conocía. Observé mi apariencia extraña y fantasmal, el pañuelo de seda carmesí que me colgaba holgadamente del cuello, medio caído de mi cabeza. Tenía el pelo oscuro despeinado. Mi piel normalmente pálida estaba rosada por el calor y el rubor del sueño. Mis ojos tenían el tono verde brillante de una persona drogada.

Parecía falta de vitalidad, vulnerable, recién despierta.

También me sentía así.

Zahra debía saber que estaba ahí. Zahra, quien me había acusado de ser una oportunista calculadora y me había advertido que me mantuviera alejada de su familia, tenía que saber que estaba durmiendo en su preciosa y mullida cama. Seguro que lo detestaba, que me odiaba por ello, por obligarla a fingir amabilidad por orden de sus padres. Esa idea me provocó náuseas. No sabía siquiera si era posible escapar a la humillación de semejante escena. Pensé que quizá me engulliría.

Miré el reloj de la pared y me reconfortó, por un momento, saber que Zahra estaba en clase en el centro de estudios superiores en ese momento. Era miércoles por la noche, se suponía que yo también debía estar allí. Era la tercera vez que faltaba a la clase de cálculo multivariable, lo cual implicaba que incluso con una puntuación perfecta, mi mejor nota había bajado a un suficiente.

Me sentó como una bofetada.

Nunca había sacado un suficiente en nada. Peor aún, aprobar implicaba tener que hacer un trabajo impecable en todas las demás áreas, pero ya había faltado tres días, no había hecho los deberes y me costaría ponerme al día antes de los exámenes. Era más que probable que acabara con un suspenso. Tendría que repetir. Ni siquiera sabía si me iban a dejar repetir.

Me quedé mirando un único objeto mientras el corazón me latía acelerado: un osito de peluche rosa en un sillón junto a la cama de Zahra. Observé sus grandes ojos cristalinos, el pequeño corazón rojo que tenía cosido en el abdomen. Yo no tenía peluches. Mi padre se había deshecho de los míos en cuanto había cumplido doce, había llevado todas mis pertenencias de la infancia a la caridad mientras yo estaba en clase. Cuando me eché a llorar, me dijo que era hora de crecer.

Zahra tenía aquello con lo que yo solo podía soñar: el amor y la estabilidad necesarios para sobrevivir a la vida con elegancia y el apoyo parental necesario para ser la estudiante diligente y prometedora que yo había intentado ser, pero sin éxito.

Respiré entrecortadamente. Junté mis manos temblorosas.

Tenía otra hora antes de que Zahra terminara la clase y pensé que podría escapar antes, encontrar algún sitio en el que matar el tiempo hasta que pudiera volver a casa a la hora normal y fingir que todo iba como debía.

Entré al baño contiguo disculpándome con el fantasma de Zahra mientras tomaba prestada la pasta de dientes, me cepillaba con los dedos y me enjuagaba la boca. Me lavé la cara con agua fría, pero las mejillas no se me enfriaron. Parecía extremadamente acalorada, tenía los labios más rojos de lo habitual, estaban calientes al tacto.

De repente, me estremecí.

Me reajusté el pañuelo intentando contener dentro mi pelo rebelde, pero había perdido un par de horquillas que me sujetaban el flequillo y cada vez se soltaban más mechones oscuros. Miré con anhelo las horquillas de Zahra e intenté decidir si sería muy reprochable tomarlas prestadas sin su permiso. Las agarré. Las sopesé en las manos. Teníamos un historial tan largo que no creía que se enfadara por eso.

Pero entonces recordé, con una sensación de hundimiento, que no había estado dispuesta ni a que su hermano me llevara en coche cuando estaba cayendo una lluvia torrencial. Ambas íbamos al mismo sitio, ella en un coche cálido y seco y yo bajo el diluvio y sin paraguas.

Volví a dejar las horquillas en su sitio.

Cuando me giré, me topé con un muro de calor.

Lo sabía, sabía que podía estar aquí, pero no me había permitido pensar en ello, no podía procesar la posibilidad de tal humillación. No era así como quería volver a ver a Ali. No así, no atrapada en la habitación de su hermana tras un colapso delirante, no salvada por sus padres porque yo no tenía a nadie a quien llamar. Sabía qué imagen daba, podía imaginar cómo me veía su familia, con pena, con pena y caridad, con una dolorosa tristeza en la mirada que me partía el alma.

No era eso lo que quería.

El corazón me latía a toda velocidad cuando levanté la mirada. Se suponía que no debía estar aquí. Que hubiera entrado en el dormitorio de su hermana mientras yo dormía rompía las reglas básicas del decoro. Yo era una invitada en su casa, una invitada que no le había dado permiso para entrar, y ambos lo sabíamos. No me hacía falta decirlo. Por su expresión asustada, sabía que era consciente de que había corrido un riesgo que podría haber acabado en desastre.

—Hola —dijo. Tomó aire profundamente y lo soltó.

Tenía los ojos más oscuros del mundo. Unas pestañas gruesas y espesas. Había cierta profundidad en su mirada, como un agujero negro que me atraía, me tentaba a mirar en el interior, a perderme… Y si no ahí, a hacerlo en las elegantes líneas de su rostro, en su mandíbula afilada o en su suave piel olivácea. Había mucho que apreciar, mucho con lo que deleitar los ojos.

Sin embargo, no podía dejar de mirarle la boca.

—Hola —susurré.

—Hola —contestó.

—No deberías estar aquí.

—Lo sé. Lo siento. Solo… —Se interrumpió. No siguió.

Asentí sin motivo alguno. Me miré los calcetines y me pregunté quién me habría quitado los zapatos.

—Te llamé —dijo en voz baja—. Anoche. —A continuación, se rio. Suspiró. Se giró.

—Perdí el móvil.

Levantó la mirada.

—Ah.

Como no dije nada, exhaló y se pasó una mano por el pelo. Era un hábito nervioso, algo que hacía mucho. Llevaba años viéndolo hacer ese gesto y lo miré mientras lo hacía ahora. A menudo me preguntaba cómo sería tocarlo así. Su pelo parecía muy sedoso.

—Shadi, ¿qué está pasando?

Dirigí la mirada a su rostro.

—¿A qué te refieres?

Se quedó quieto, como paralizado por la ira.

—¿Cómo que a qué me refiero? Te has desmayado en el instituto.

—Claro. Sí. Sí —murmuré. De repente, volvía a tener el corazón acelerado.

—Shadi.

Lo miré a los ojos. Vi el esfuerzo que estaba haciendo por respirar, vi cómo se le movía el pecho incluso sin enfocar. Le costaba contener la frustración.

—¿Qué ha pasado? En el instituto les han dicho a mis padres que habías suplicado que no llamaran a tu madre. ¿Eso es cierto?

—Sí —susurré.

—¿Por qué?

Negué con la cabeza, aparté la mirada, me mordí el labio. Estaba desesperada por confesar, por no decir nada. No sabía qué hacer, solo sabía lo que mis padres querían que hiciera, que era proteger sus secretos, proteger su dolor del ojo público.

Así que no dije nada. Le miré fijamente el pecho y no dije nada.

—Llevas cuatro horas aquí dormida —dijo en voz baja—. Y nadie sabe qué pasa.

—Lo siento. Ya me marcho. Iba a irme antes de que tú…

—Para —espetó enfadado—. Para. Tú para, ¿vale? He intentado dejarlo pasar, he intentado no presionarte para que te expliques, pero ya no puedo soportarlo. No puedo. Tienes que decirme qué está pasando, Shadi, porque me estás asustando. Últimamente, cada vez que te veo estás llorando, herida o has perdido la cabeza y no…

—Nunca he perdido la cabeza.

Arqueó las cejas.

—¡Echaste a correr hacia un accidente automovilístico! ¡Intentaste sacar a alguien de un vehículo accidentado!

—Ah. —Eso se me había olvidado.

—Sí. ¿Lo habías olvidado? —Sonrió, pero sus ojos reflejaban el enfado—. ¿También se te había olvidado que estuviste a punto de partirte la cabeza? ¿Por eso no volviste a mencionarlo nunca? Te llegó una llamada del hospital sobre tu madre, te llevé hasta allí y ni siquiera te pedí explicaciones... Pero pensé que, quizás, teniendo en cuenta que me tuvieron que dar cuatro puntos en el brazo para evitar que te partieras la cabeza contra el asfalto...

—¿Te dieron puntos? No lo...

—Sí, me dieron puntos y mentí por ti. Les mentí a mis padres y les dije que me había hecho un corte jugando al fútbol porque supuse que no querías que la gente supiera qué estaba pasando, pero pensé que quizás al menos me dirías a mí por qué estaba tu madre en el hospital o por qué te caíste, pero no lo hiciste y aun así lo dejé pasar, me dije que no era asunto mío. Y luego, al día siguiente, después de jugar a ser paramédica...

—Ali... Lo siento mucho. Lamento lo de tu brazo.

—...me dices que todo va genial, que tu madre está esperándote en casa, y sabía que estabas mintiendo. Lo sabía porque lo tenías escrito en la cara, pero me dije a mí mismo que tenía que dejarlo pasar, que no debía meterme...

—Ali. Por favor.

—Y entonces... —prosiguió respirando con dificultad, pasándose las dos manos por la cara—. Por Dios, entonces... lo de anoche. Mierda, Shadi, lo de anoche.

—Ali...

—Deja de decir así mi nombre. No...

—Ali...

—Me estás matando —explotó con la voz rota—. ¿Qué pasa? ¿Qué me estás haciendo? Antes tenía una vida. Lo juro, hace tres días tenía una buena vida, Shadi, había pasado página. Por fin había seguido adelante después de que me arrancaras el corazón del pecho y ahora, ahora… ahora no sé qué soy.

—Lo siento.

—Para —dijo desesperado—. Deja de decir que lo sientes. Deja de quedarte ahí plantada mirándome así. No puedo soportarlo. No puedo…

—Ali, déjame decir algo. Solo quiero…

Las palabras murieron en mi garganta.

Se alejó sin previo aviso y se dejó caer pesadamente en la cama de Zahra.

—Por favor —continuó, señalándome—. Te lo ruego, di algo. Por el amor de Dios, dime algo.

Lo miré y, en ese momento, perdí los nervios. Las palabras se me atascaron en el pecho, en la boca. Mis excusas se desvanecieron, olvidé momentáneamente los acontecimientos del día. Estudié la tensión de sus hombros, el temblor de sus dedos antes de apretar los puños.

Lo miré a sus ojos oscuros y solo pensé en una cosa:

—Lo siento.

—¡Jesús! —Dejó caer las manos a los lados—. ¿Por qué sigues disculpándote?

—Porque nunca llegué a hacerlo —respondí.

Ali levantó la cabeza lentamente, enderezó la columna poco a poco. Se desplegó ante mis ojos, se giró hacia mí como una flor buscando el sol.

—Nunca quise hacerte daño —susurré—. Lamento mucho haberte herido.

Se quedó mortalmente quieto.

Me miró con un terror extraño, como si estuviera a punto de matarlo.

—¿De qué hablas?

—De nosotros —contesté—. De ti. —Negué con la cabeza, a punto de echarme a llorar—. Creía que estaba haciendo lo correcto. Necesito que sepas que creía que estaba haciendo lo correcto. Pero me arrepentí en cuanto lo dije. Lo he lamentado cada día desde ese momento.

Ali se levantó.

Me pareció más grande que la vida misma, alto, deslumbrante y real mientras se acercaba a mí. Ahora lo tenía justo delante, y di un paso atrás. Mis hombros chocaron con la puerta abierta del baño de Zahra.

Ali respiraba con dificultad.

—¿Qué significa eso?

Lo miré y sentí que mi mundo colapsaba.

Ahora estábamos ambos de pie en el baño de Zahra, *estábamos en el baño de Zahra*, y no había espacio suficiente entre nuestros cuerpos para levantar un solo dedo. Tenía la cabeza llena de vapor, mis sentimientos se evaporaban.

—Ali, no… Estás demasiado cerca. No puedo hablar contigo cuando estás tan cerca de mí. Ni siquiera puedo respirar cuando…

Jadeé cuando se inclinó y apoyó la frente en la mía. Ahora tenía las manos en mi cintura, me atraía hacia él y me hundí contra su cuerpo emitiendo un sonido, una especie de rendición.

No dijo nada durante lo que me pareció una eternidad.

Escuché nuestros corazones acelerados, sentí el calor de mi piel. Estaba desesperada por algo que era incapaz de expresar, una necesidad que no era capaz de concebir. Estábamos muy cerca, pero a años luz de donde yo quería estar.

Ali cerró los ojos.

Tenía las manos en su pecho. Habían aterrizado ahí y yo no las había movido. Me encantaba tocarlo, sentir su calor, sus latidos acelerados bajo mis palmas que demostraban que era real, que este momento era de verdad. Lentamente, bajé las manos por su pecho, por las líneas duras de su torso. Oí su inhalación temblorosa, sentí un temblor en él, en mí.

Los dos nos quedamos completamente quietos.

Le miraba la garganta, la suave línea del cuello, la silueta de la clavícula. Lo vi tragar. Sus manos se estrecharon alrededor de mi cintura.

Levanté la mirada.

Solo dijo mi nombre antes de besarme.

Hacía calor, era como un sol ardiente, un placer tan potente que estaba muy cerca del dolor. No supe cómo sucedió, pero de repente tenía la espalda pegada a la pared, los huesos me temblaban debajo de su peso, su cuerpo presionaba el mío con tanta fuerza que pensé que iba a dejarme marcas. Me tocaba con desesperación, pasó las manos por mi cuerpo, me abrazó la cara mientras me deshacía en sus brazos. Noté sus labios suaves sobre los míos, sobre mis mejillas, sobre la tierna piel de debajo de la mandíbula. Intenté aferrarme, ponerme de puntillas, rodearle el cuello con los brazos… pero de repente se quedó paralizado cuando mi cuerpo se movió contra el suyo; nuestros contornos irregulares encajaron, las placas tectónicas se estrellaron. Se quedó quieto y dio la sensación de que había dejado de respirar. Nuestros cuerpos se fusionaron.

Con cautela, le pasé los dedos por el pelo. Se fue derritiendo poco a poco con los ojos cerrados y la respiración entrecortada mientras yo apartaba las manos de su cabeza, le deslizaba los dedos por el cuello y tiraba más de él. Le besé suavemente la garganta saboreando la sal y el calor una y otra vez hasta que emitió un sonido desesperado que me envió una oleada de placer por todo el cuerpo incluso mientras él se apartaba dando un paso atrás. Dejó caer la cara en sus manos temblorosas y luego dejó caer los brazos a los lados. Me miró a los ojos con una emoción tan intensa que estuvo a punto de partirme por la mitad.

Sentía que podía hundirme en el suelo.

Se oyeron dos golpes bruscos en la puerta de Zahra y yo me enderecé, ambos nos tensamos. El mundo real volvió a enfocarse a una velocidad asombrosa y ni siquiera pensé, solo corrí y cerré la puerta del baño detrás de mí encerrándolo dentro.

Tuve que apoyarme en la pared para recuperar la respiración, para calmar mi cabeza. El corazón me latía erráticamente en el pecho. Cerré los ojos y me tomé dos segundos más para recomponerme antes de dirigirme a la puerta. Me miré en el espejo de camino.

Me quedé helada.

Horror. Horror al ver el estado de mi cara, mi apariencia general. Estaba sonrojada sin motivo, los ojos dilatados de placer. De deseo.

Estaba perdiendo el control. Perdiendo la cabeza.

Ahora estaba segura de que iría directa al infierno por una infinidad de motivos: estaba mi virulento deseo por que mi padre muriera, y ahora esto… esto…

Me di la vuelta y miré a mi alrededor.

La habitación de Zahra. Había besado a Ali en su habitación. Cualquier sentimiento de honor que pudiera haber albergado anteriormente ahora me hacía retroceder con vergüenza. No me enorgullecía. No tenía intención de que pasara nada de esto. Esto, aquí, hoy, ahora… Había cruzado una línea, le había dado la espalda al fantasma de mi mejor amiga. Incluso después de todo este tiempo, después de toda su crueldad, me atravesó el dolor. Había deseado mucho más de nosotras.

Pero entonces… incluso mientras sentía el frío latigazo de culpa enfriándome la piel febril, me harté. Me harté de ese sentimiento, de deberle a Zahra un diezmo de mi felicidad. Mi culpa se vio atenuada cuando comprendí que nada de lo que había hecho era nunca suficiente para ella. Ahora estaba convencida. Me había sentido atada a las vías de nuestra amistad en muchas ocasiones y Zahra era el tren que me atropellaba una y otra vez y que luego se quejaba de que mi cuerpo le había roto los ejes.

Estaba harta.

Últimamente, me había avergonzado de mí misma por muchas cosas, pero los injustos reproches de Zahra ya no estaban entre ellas. Nunca volvería a permitir que retuviera mis sentimientos como rehenes. Nunca volvería a permitir que dictara los términos de mi vida.

Otro golpe fuerte en la puerta me sobresaltó.

Me estabilicé.

Me di cuenta de que había llegado el momento de cerrar el libro de nuestra amistad.

VEINTE

Estuve a punto de jadear cuando le vi la cara.

Miré a la madre de Zahra a los ojos y mi corazón se calmó solo, mis miedos desaparecieron y mi rostro esbozó una sonrisa familiar. La había echado de menos, había echado de menos su rostro. Un dolor frío y repentino me atravesó.

—Fereshteh *khanoom* —murmuré.

«*Khanoom*» significaba «señora», era un término cariñoso, respetuoso. Pero su nombre, Fereshteh, significaba «ángel».

—*Bidari, khoshgelam?* —Sonrió. «¿Estás despierta, bonita?».

Abrió los brazos, me metí en su abrazo y me quedé ahí. Olía igual, como siempre había olido, a agua de rosas.

Me aparté y me sentí repentinamente joven.

—*Chetori?* —preguntó. «¿Cómo estás?»—. *Khoob khabeedi?* —«¿Has dormido bien?».

—Sí, gracias —respondí en voz baja—. Gracias por todo.

Sonrió ampliamente.

—*Asslan harfesham nazan* —dijo quitándole importancia con un gesto de dedos.

Todavía llevaba su hiyab, y pareció darse cuenta mientras hablaba. Se lo quitó con un movimiento fluido y me explicó con una risita que hacía poco que había llegado a casa y se le había olvidado quitárselo. Comprendí que había llegado tarde a casa. Probablemente se había quedado más de normal en la oficina, sin duda para compensar el tiempo que había perdido a mitad del día.

De repente, mi sonrisa se debilitó.

—*Bea bereem paeen* —dijo sin perder el tiempo—. *Ghaza hazereh.* —«Vamos abajo. La comida está lista».

—Ah, no —murmuré entrando en pánico—. No puedo… Debería volver a casa.

Se rio, me agarró del brazo y me arrastró literalmente escaleras abajo. Tenía el corazón acelerado y mi miedo aumentó.

—Por favor, Fereshteh *khanoom. Loft dareen, shoma.* —«Es usted muy amable». En farsi, añadí—: Pero juro por Dios que no intento solo ser educada. Me ha avergonzado con su amabilidad.

Estaba exagerando mis palabras con algunas declaraciones efusivas de la vieja escuela, pero lo hice a propósito. Los padres iraníes siempre parecían encantados cuando hablaba así, cuando me esforzaba por ser formal y educada. Mi farsi incompetente les parecía extrañamente encantador, sobre todo con el acento americano.

Y no decepcioné.

Fereshteh *khanoom* se iluminó como un árbol de Navidad, le brillaban los ojos cuando bajamos las escaleras y entramos en el comedor. Se giró para mirarme y me pellizcó la mejilla.

—*Vay, cheghad dokhtareh nazi hasteetoh.* —«Vaya, eres una muchacha muy dulce y encantadora».

Me había salido el tiro por la culata.

—Dariush —dijo llamando a su marido—. *Bodo biyah. Shadi bidareh.* —«Ven, rápido. Shadi se ha despertado».

Agha («señor») Dariush, como yo lo llamaba, entró corriendo en el salón, sonriendo y saludando con un nivel de fanfarria y entusiasmo dolorosamente embarazoso. Me sonrojé de alegría y terror sin saber qué hacer conmigo misma. Su amabilidad era exagerada, excesiva, pero los creí cuando me dijeron que me habían echado de menos. Lo sentí como un dardo en el corazón.

—Gracias. Gracias. Pero debería irme —lo intenté de nuevo—. De verdad. Por favor, les estoy muy agradecida, gracias. Lamento mucho haberles molestado, pero de verdad...

—*Khob, ghaza bokoreem?* —El padre de Zahra me interrumpió con un guiño y una sonrisa dando una palmada. «¿Comemos?».

Se me cayó el alma a los pies.

Frunció el ceño y miró a su alrededor.

—*Fereshteh, Ali kojast?* —«¿Dónde está Ali?»

Fereshteh *khanoom* estaba en la cocina sacando platos de un armario. Ni siquiera levantó la mirada para gritar su nombre.

—¡Ali! —lo llamó. En farsi, agregó—: ¡La comida se va a enfriar!

—Fereshteh *khanoom* —dije intentando por última vez salir de la escena sin ofenderlos. Era la mayor de las crueldades negarles la oportunidad de alimentarme, prácticamente un pecado, y lo sabía. Ellos lo sabían. No iban a dejarme salir del apuro—. Por favor, ya han hecho demasiado. Les estoy muy agradecida. *Mozahemetoon nemikham besham.* —«No quiero ser una carga».

—*Boro beshin, azizam* —dijo poniéndome un plato en las manos. «Siéntate, cariño»—. Ya he llamado a tu madre. Le he dicho que hoy cenabas aquí.

Un terror violento me paralizó brevemente.

Había llamado a mi madre. Claro que había llamado a mi madre.

Mi sonrisa se desvaneció. Fereshteh *khanoom* captó esa fracción de segundo de debilidad y me miró con los ojos entornados.

—No le he dicho lo que había pasado —dijo en farsi en voz baja—. Pero antes de que acabe esta noche vas a tener que contármelo. ¿Entendido?

Notaba una presión en el pecho. Sentí que me mareaba.

—Shadi. Mírame.

La miré a los ojos. Debió de ver algo en mi rostro porque la dureza de su expresión se desvaneció. Dejó la pila de platos en la mesa y me tomó las manos.

—No tengas miedo —susurró—. Todo irá bien.

Calor, calor subiéndome por el pecho, presionándome la garganta, abrasándome los ojos.

No dije nada.

Fereshteh *khanoom* seguía sosteniéndome las manos cuando de repente giró la cabeza hacia las escaleras.

—¡Ali! —exclamó—. Por el amor de una madre, ¡baja! Se te ha enfriado la comida.

También lo habían hecho mis extremidades.

VEINTIUNO

Cuando llegó Zahra, me sorprendí.

Me sentí confundida.

Se quedó parada en la puerta al verme. Sus ojos reflejaron asombro y luego decepción. La vi dirigir la mirada al reloj del salón y luego a su madre.

—*Bea beshin*, Zahra —dijo su madre tranquilamente. «Ven, siéntate».

En ese momento lo entendí.

Zahra sabía que yo estaba ahí. Lo sabía y se había ido a propósito para evitarme, solo que se había equivocado al estimar mi hora de partida. Lo que no entendía era por qué no estaba en clase, donde se suponía que debíamos estar ambas y, mientras mi mente trabajaba desesperadamente por resolver el acertijo, encontré oro.

Un recuerdo.

Era un recuerdo vago, pero auténtico: un programa de estudios confuso, un borrón de fechas de entrega. Había una especie de evento para todo el colegio, algo a lo que los profesores estaban obligados a asistir. Habían cancelado las clases. El profesor lo había mencionado el primer día, nos había dicho que resaltáramos la fecha y la apuntáramos en nuestros calendarios.

No podía creerlo.

La esperanza me presionaba el esternón con aire amenazante. De repente, sentí que no podía respirar. Había sido mi único golpe de suerte en muchos meses.

No iba a suspender.

Me brotaron las lágrimas de los ojos justo cuando Zahra saludó y se quitó los zapatos. Fereshteh *khanoom* me dirigió una mirada mientras yo parpadeaba para intentar contener la emoción y ni siquiera me molestó que no me entendiera. Había derramado muchas lágrimas por Zahra, eso era cierto. Intenté no mirarla mientras dejaba la mochila junto a la mía en el sofá del salón, pero aun así la miré por el rabillo de ojo. Dijo algo de usar el baño y desapareció enseguida sin dirigirme una sola mirada.

Me quedé mirando el plato mientras el calor me subía por la cara.

No era bienvenida ahí. Sabía que no era bienvenida. Quería decirle a Zahra que lo sabía y que no quería estar aquí, pero nada de esto había sido intencional. Quería decirle que había sido una horrible serie de accidentes. Un error tras otro.

«Me habría ido, quería marcharme, no me dejaban», quería gritar.

Llevaba cuarenta minutos sentada a la mesa respondiendo a una avalancha de preguntas en contra de mi voluntad y no podía aguantar mucho más. Habría sido suficientemente difícil explicar el ataque de pánico de mi madre, todas las ambulancias, los infartos de mi padre, sus cirugías, sus casi encuentros con la muerte, la promesa no cumplida de su regreso a casa... con solo los padres de Zahra juzgando y analizando. Que Ali hubiera estado todo ese tiempo sentado a la mesa negándose a apartar la mirada de mí mientras hablaba era más de lo que podía soportar. No podía abrir mi corazón delante de Zahra también.

Peor: no habían acabado de interrogarme.

No quería hablarles de todas las horas (del año) que mi madre se había pasado llorando. No podía decirles que se estaba autolesionando. No les dije lo que había dicho el médico, no les dije que esa mañana había echado abajo la puerta de su habitación. No quería revelar sus secretos, sabía que nunca me habría perdonado. Sin embargo, tuve que compartir parte de ello, a trompicones y con dificultad, para poder explicar por qué me había desmayado en la escuela y por qué le había suplicado a la enfermera que no llamara a mi madre. Aun así, mis respuestas les parecieron insuficientes.

«¿Pero por qué?». Querían saber más. «¿Por qué? ¿Por qué?».

—Sí, pero ¿por qué? —había preguntado *agha* Dariush—. Sé que había tenido una noche complicada al recibir malas noticias sobre tu padre. Su reacción es comprensible, especialmente después de todo por lo que ha pasado, pero ¿por qué no llamarla? Seguro que querría saberlo, *azizam*. No querrá que le ocultes ese tipo de cosas.

Negué con la cabeza y no dije nada.

Fereshteh *khanoom* se aclaró la garganta.

—Vale. *Basseh*. —«Basta»—. *Chai bokhoreem*? —«¿Tomamos un poco de té?».

Todavía no habíamos respondido a la pregunta cuando Zahra llegó a casa.

Ahora estábamos sentados en silencio ante la mesa mirando nuestros platos mientras Zahra desaparecía por el pasillo. Oímos sonidos distantes de agua corriente mientras se lavaba las manos intentando ganar tiempo. Sabía que tendría que salir en algún momento, pero no estaba segura de querer estar ahí cuando lo hiciera. No me había preparado para enfrentarme a Zahra, y menos así delante de toda su familia.

De repente, me levanté.

—Por favor, acepten mis disculpas. Les estoy muy agradecida. Han sido muy amables, pero debo irme.

—Ni siquiera has tocado la comida —se quejó Fereshteh *khanoom*—. Tienes que quedarte… te estás consumiendo. Cada vez que te veo estás más y más delgada. —Se giró hacia su marido—. ¿Verdad que sí? No me gusta.

—Es cierto —confirmó *agha* Dariush sonriendo a su esposa. Se giró hacia mí—. Deberías comer más, Shadi *joon*. Solo un poco más, ¿vale, *azizam*? *Beshin.* —«Siéntate».

Miré mi plato lleno. No tenía hambre.

—Por favor —imploré prácticamente en un susurro—. Perdónenme. Lamento haberme entrometido y haber interrumpido su día. No puedo expresar lo mucho que agradezco todo lo que han hecho por mí…

—No hay necesidad. —*Agha* Dariush me interrumpió con una sonrisa amable—. Todavía tenemos tu carta, *azizam*. No tienes que seguir dándonos las gracias.

—¿Qué carta? —preguntó Ali. Fueron las primeras palabras que pronunció desde que había bajado.

De repente, quise morirme.

Esa estúpida carta. No estaba en mis cabales cuando la escribí. Llevaba días delirando por el insomnio, atrapada en un profundo dolor por la pesadilla que era mi vida. Mi hermano estaba muerto. Mis padres se estaban matando el uno al otro. Todas las noches, mi padre se arrodillaba y suplicaba como un niño ante una versión histérica y desconocida de mi madre. Ella lo abofeteaba y le gritaba y él no decía nada, no hacía nada, ni siquiera cuando ella se derrumbaba y se arañaba su propia cara.

Llevaba cuatro días sin dormir.

Me quedaba despierta en la cama imaginándome a mi madre acurrucada en el suelo del dormitorio de mi hermano rogándole a Dios que la matara y yo no podía respirar, no podía cerrar los ojos. Cuando finalmente había colapsado en el instituto, me había sentido tan agradecida por el indulto, por esas horas de paz y consuelo que me habían proporcionado los padres de Zahra, que había estado a punto de romperme. No sabía por qué había decidido inmortalizar esos sentimientos en una carta, cuyo fantasma seguía atormentándome. No quería que nadie más la viera. Pensé que sería capaz de inmolarme si Ali leía esa carta.

Fereshteh *khanoom* emitió un sonido agudo parecido a la irritación. Era un sonido que había oído en otros padres iraníes cuando estaban frustrados.

—¿Por qué has tenido que mencionar la carta? —le espetó a su marido en farsi—. Ahora la has avergonzado.

—Debería irme, en serio —conseguí farfullar—. Por favor. Debería irme a casa.

Fereshteh *khanoom* miró a su marido y negó con la cabeza.

—*Didi chikar kardi?* —«¿Ves lo que has hecho?».

—Eh —dijo Ali mirando a sus padres—. ¿Qué carta?

—Fue hace meses —respondió su madre.

—¿Qué mierda de respuesta es esa?

—No le hables así a tu madre —espetó bruscamente *agha* Dariush señalando a su hijo con el tenedor.

Fereshteh *khanoom* le dio un manotazo en el brazo a Ali.

—*Beetarbiat.* —«Esos modales».

Él puso los ojos en blanco.

—¿Alguien puede decirme de qué carta se trata, por favor?

—Tengo que irme —dije, desesperada—. Por favor. Ya me he extralimitado aceptando tanta amabilidad.

—*Mashallah*, es muy elocuente, ¿no? —*Agha* Dariush le sonrió a su esposa—. «Extralimitado» *khaylee loghateh khoobiye.*
—«"Extralimitado" es una palabra muy buena».

—Jesús —murmuró Ali.

Su madre le dio otro manotazo.

Agha Dariush me miró en ese momento y me sacó de mi apuro.

—Claro que puedes irte, *azizam.* Querrás volver a casa con tu madre.

—Sí, gracias.

—Ali. *Pasho.* —«Levántate». Se giró hacia mí y añadió—: Ali te llevará a casa.

Ali echó la silla hacia atrás rápidamente. La madera chirrió con tanta fuerza que estuvo a punto de caerse. Vi a Fereshteh *khanoom* mirándolo sorprendida hasta que se reflejó una comprensión repentina en su rostro que hizo que el miedo se apoderara de mi corazón.

—No —dije rápidamente—. No pasa nada. Puedo ir andando.

—Hace mucho frío fuera —soltó Ali casi gritando.

Lo miré y sentí que se me aceleraba el corazón. Me giré.

—Me gusta el frío —le dije a su padre—. Pero gracias por el ofrecimiento.

—Ni siquiera tienes chaqueta —insistió Ali—. ¿Por qué no llevas chaqueta?

—*Yanni chi, never?* —*Agha* Dariush miraba a su hijo como si hubiera perdido la cabeza—. Si quiere volver andando, deja que vuelva andando.

—Shadi, ¿por qué no me dejas llevarte a casa?

No podía creerlo. No podía creer que Ali no estuviera intentando ocultar su frustración. No podía creer que no pudiera fingir durante cinco segundos más delante de su familia. Era como si no supiera que su madre estaba ahí viéndolo todo. O como si no le importara.

—Solo vivo a cuatro calles —dije inclinándome hacia atrás.

—Vives a casi un kilómetro.

—No… —Tragué saliva y me puse nerviosa. Zahra había reaparecido ante la mesa y no parecía contenta—. Solo… lo siento…

—Espera, deja que al menos te preste una chaqueta —pidió Ali.

—Lo siento —balbuceé mirando la alfombra—. Discúlpenme. Gracias por la cena, estaba deliciosa. Lo siento.

Casi corrí hasta la puerta.

VEINTIDÓS

Queridos Fereshteh khanoom y agha *Dariush,*

Gracias por recogerme hoy de la escuela. No creía que nadie fuera a venir a por mí. Han sido muy amables. Me han traído medicamentos, me han dejado dormir en su casa y agha *Dariush me ha preparado un bocadillo que creo que es el mejor que he comido en la vida. Creo que Zahra es la chica más afortunada del mundo por tenerlos como padres y espero que sepa lo maravillosos que son, que son unos padres especiales, que no todos los padres son así y que tiene una bendición al tenerlos. No sé qué me habría pasado hoy si no hubieran venido a por mí y les estoy muy agradecida. Ha sido un día muy complicado, pero lo han mejorado mucho y siempre recordaré este día, siempre recordaré cómo me han tratado y que no se han enfadado conmigo por no tomarme los medicamentos que me han traído. Espero que no fueran muy caros. Siempre les estaré agradecida y rezo por que Dios los bendiga a ustedes y a su familia por su amabilidad y por la generosidad de sus corazones y espero seguir teniendo relación con ustedes para siempre.*

Gracias por todo una vez más. Gracias por ser amables conmigo y gracias, Fereshteh khanoom, *por prestarme ropa de Zahra, la lavaré y se la devolveré cuanto antes.*

Que Dios los bendiga,
Shadi

Volví a casa encorvada, acurrucada sobre mí misma. Había dejado la chaqueta en la taquilla y no había vuelto a la escuela a por ella. Lamenté tener que admitir que Ali tenía razón. Hacía muchísimo frío.

Me metí las manos en los bolsillos, miré hacia el cielo oscuro y recé para que no lloviera. De repente, mis manos se cerraron alrededor de un trozo de papel.

Me paré en mitad de la acera y lo saqué. Era un pobre rectángulo doblado apresuradamente. Lo abrí y lo alisé.

Era un formulario.

Un documento de la enfermería (el tipo de papeles que los alumnos tenían que rellenar al llegar), pero estaba en blanco. No había ningún dato, ni siquiera mi nombre, solo un garabato en la parte inferior con un número de teléfono y un breve mensaje.

Llámame cuando te despiertes, ¿vale? Me gustaría asegurarme de que no estás muerta. (Soy Noah).

Me sorprendí a mí misma al sonreír.

Estaba temblando de frío sin chaqueta, aterrorizada por el futuro, pero sonreía. Me pareció extraño. Últimamente, no sabía qué hacer en ningún sentido: con mi madre, que no quería aceptar ayuda profesional; con mis clases o las solicitudes de ingreso a la universidad; con mi padre, que podía estar o no muriéndose.

No sabía qué hacer con Ali.

No sabía qué nos esperaba o qué podría depararnos el futuro, si es que lo teníamos. Aun así, sentí una esperanza creciente al pensar en él. Sentí que se abría paso por delante del dolor. Por primera vez, sentí que uno de los fuegos de mi vida se había apagado.

Me había disculpado.

Hasta hacía poco, pensaba que tendría que vivir toda la vida con el tamborileo de un único arrepentimiento. Hasta hacía poco, pensaba que Ali nunca volvería a hablarme. Hasta hacía poco, pensaba que había perdido algo que ahora sabía que era muy preciado. Raro.

Levanté la mirada y miré el cielo.

Cuando me encontré la luna, me encontré a Dios; cuando vi las estrellas, vi a Dios; cuando me dejé inhalar por el vasto universo en expansión, entendí a Dios como una vez lo hizo Séneca. «Dios es todo lo que uno ve y lo que no ve».

A menudo no creía en los hombres, pero siempre creía en algo más.

El Dios al que yo conocía no tenía género ni sombra. El islam no aceptaba la personificación de Dios, no creía en contenerlo. El uso común del masculino era un error de traducción.

No había pronombre, solo una primera persona del plural colectiva, la idea de infinidad.

Siempre había visto la religión como una cuerda, una herramienta para ayudarnos a acercarnos a nuestros corazones, a nuestro lugar en este universo. No entendía a aquellos que eran malignos sin perdón ni empatía, a los que no se ajustaban a una serie de reglas estáticas, unas reglas que nunca habían tenido como objetivo inspirar competencia, sino fortalecernos, hacernos mejores. Esa superioridad moral era la antítesis de la esencia de la divinidad, del sentido de la fe. Quedaba claro una y otra vez que no nos correspondía ejercer un juicio humano y severo sobre aquellos cuyos corazones desconocíamos. En el Corán se dejaba inequívocamente claro que no debía haber coacción en la religión.

Y aun así…

Estábamos todos perdidos.

Cuando abrí la puerta, me di cuenta de dos cosas al mismo tiempo:

En primer lugar, que me había dejado la mochila, mi estúpida, incómoda y ridícula mochila, en casa de Zahra, lo que significaba que, si quería tener alguna posibilidad de ponerme al día con los deberes, tendría que volver a por ella. La mera idea hizo que me recorriera un escalofrío hasta el corazón.

Y en segundo lugar…

En segundo lugar, me di cuenta de que mi padre estaba en casa.

La primera pista fueron sus zapatos junto a la puerta, ese familiar par de mocasines de cuero marrón que no había visto en semanas. La segunda pista fue el olor a aceite de oliva, cebolla cortada, carne salteada y el suave aroma del arroz fresco en reposo. Oí la voz de mi hermana, una alegre carcajada.

Cerré la puerta en silencio detrás de mí y la escena apareció ante mis ojos.

Mi madre estaba en la cocina removiendo una olla de comida preparada con ingredientes que unas horas antes no estaban en el armario. Mi padre estaba sentado en una silla ante la mesa con aspecto cansado pero feliz. Parecía más viejo de lo que lo recordaba, tenía más canas. Shayda estaba sentada en una silla a su lado, sosteniéndole la mano entre las suyas. Parecía a punto de echarse a llorar, pero estaba guapísima, el cabello oscuro le enmarcaba la cara y tenía los grandes ojos marrones rebosantes de emoción. Rara vez entendía a mi hermana y tampoco lo hice en ese momento. No sabía cómo podía amar a un hombre tan complicado sin que eso complicara su amor. No sabía cómo su mente ordenaba y priorizaba las emociones, no sabía cómo había acabado ahí, con ese aspecto feliz, después de todo por lo que habíamos pasado.

En ese momento, comprendí que no era asunto mío.

No tenía derecho a arrastrar a Shayda conmigo. No tenía derecho a arrebatarle la alegría del cuerpo. No era culpa mía que no pudiera doblegar mi corazón para que se comportara como el suyo y tampoco era culpa suya no poder hacer lo mismo por mí. Supuse que, al fin y al cabo, solo éramos diferentes.

Mi padre fue el primero en verme.

Se levantó demasiado rápido y se agarró a la mesa para buscar apoyo. Shayda gritó una advertencia, asustada, pero mi padre no pareció darse cuenta. Su rostro había cambiado mientras me observaba y estudiaba mis ojos. Sus ojos. Apartó la mirada y luego volvió a mirarme como si entendiera que lo odiaba, que lo amaba.

Lo odiaba.

Ni siquiera me di cuenta de que estaba llorando hasta que avanzó de manera lenta e inestable, no me di cuenta de mis sollozos hasta que me tomó entre sus brazos. Lloré con más fuerza cuando se volvió real. Sus brazos eran reales, su silueta era real, su cuerpo era real. Lloré como la niña que era, la niña que quería ser. Lo había echado de menos. Había echado de menos a mi horrible padre, había echado de menos lo que era que me abrazara así, presionar la cara contra su pecho, inhalar su aroma familiar. Olía a flores, a lluvia, a cuero. Olía a tubo de escape, a café y a papel. Era una persona horrible, una persona maravillosa. Era frío, estúpido y gracioso.

Lo odiaba.

Lo odiaba mientras me abrazaba, lo odiaba mientras lloraba. El hombre que una vez me había parecido un sólido muro de cemento, de repente parecía hecho de cristal soplado, de papel maché. Sentí que le temblaban los brazos. Sentí sus manos, de piel fría y parecida al papel, en la cara mientras se apartaba y me miraba.

No podía mirarlo a los ojos.

Aparté la mirada, miré hacia abajo, miré por encima de su hombro. Mi madre y mi hermana nos observaban de cerca, una al lado de la otra en la cocina. Miré a mi madre, que sostenía un trapo entre las manos y a quien le caían las lágrimas por la cara.

—Shadi —dijo mi padre en voz baja.

Levanté la mirada.

Sonrió, se le arrugó la piel y le brillaron los ojos. Me abrazó de nuevo, me estrechó contra su insustancial silueta. Podía notar sus costillas bajo las manos. Podía contarlas. En ese momento me habló, me habló en farsi colocando la mejilla contra mi cabeza.

—Solo Dios conoce la profundidad de mi arrepentimiento —murmuró con voz temblorosa.

VEINTITRÉS

Corrí durante la noche con piernas temblorosas, atravesé ráfagas de viento y me impulsé a través del frío glacial por pura fuerza de voluntad. Quería correr para siempre, quería lanzarme a la órbita, quería enterrar mi cuerpo en la tierra. Se me erizaba la piel por las emociones no usadas, las sensaciones que me subían en espiral por la espalda y se me escabullían por la cabeza.

Quería gritar.

Había salido por la puerta con una excusa, la excusa de que me había dejado la mochila en casa de Zahra y necesitaba recuperarla, una excusa válida solo porque la madre de Zahra había llamado a mi madre para informarla de que esa noche cenaba en su casa.

«Todos mis deberes están ahí», le dije. «No tardaré mucho».

Una versión diferente de mí había usado esa misma excusa miles de veces para conseguir más tiempo lejos de estas paredes, del sofocante dolor que contenían. Siempre estaba inventándome motivos para pasar más tiempo en casa de Zahra y no quedar atrapada en el ámbar de mi propia casa, y mis padres lo sabían. Siempre habían podido ver a través de mí. Probablemente, incluso ahora sabían que no tramaba nada bueno, pero tal vez habían visto algo en mi cara, habían entendido cómo me sentía y que necesitaba irme. Correr por mi vida.

De mala gana y con sospechas, mis padres me dejaron irme.

Corrí.

Corrí a través de la noche con las piernas ardiendo, con los pulmones ardiendo dejando entrar aire en mi pecho a duras penas. Me temblaban las extremidades, mi cuerpo se apagaba.

Insistí con más fuerza.

Dejé que el viento me quemara la piel, que me secara las lágrimas de los ojos. Dejé que el frío me entumeciera la nariz, la barbilla, las yemas de los dedos, y corrí, corrí a través de la oscuridad con el pecho agitado y la respiración entrecortada.

Me desplomé cuando llegué al parque y mis rodillas se golpearon con el césped mojado. Me quedé ahí solo un momento con el cuerpo doblado por la mitad antes de levantarme y arrastrarme por un campo abierto. Cuando vi las luces a lo lejos, me di cuenta de que sabía lo que quería hacer. También sabía que Shayda tenía razón.

Probablemente, había perdido la cabeza.

La puerta estaba cerrada, así que salté la valla y aterricé a duras penas. El dolor me subió por la pierna y le di la bienvenida, lo ignoré.

Me puse de pie.

Contuve la respiración y miré a mi alrededor. No había nadie. Había pasado por delante de la piscina miles de veces en noches similares y siempre me preguntaba por el esfuerzo necesario para mantener un sitio así solo por los ratones y fantasmas que lo plagaban.

La luz era etérea, brillante y resplandeciente, las relucientes profundidades se balanceaban con el viento. No tenía ningún plan. No tenía estrategia de salida. No tenía modo de saber cómo llegaría a casa ni en qué estado. Solo sabía que sentía el pecho agitado y los huesos pesados por hielo y calor.

Estaba sudando y congelada, totalmente vestida, desesperada por algo que no podía explicar.

Me quité los zapatos. Me quité la chaqueta.

Me sumergí en el agua. Me hundí, cerré los ojos y me hundí.

Grité.

La seda me rodeó la cabeza y grité, me arranqué el dolor de los pulmones, el agua me llenó la boca. Grité y estuve a punto de ahogarme por el esfuerzo, pensé que iba a morir. En lugar de eso, el agua me absorbió, se tragó mi dolor, guardó mis secretos.

Me dejó ahogarme.

De repente, pateé y luché contra mis prendas pesadas. Atravesé la superficie con un jadeo, bebí el aire fresco de la noche y tragué cantidades incalculables de agua clorada. La piscina era inesperadamente cálida y acogedora, como un baño. Tomé una bocanada de aire para tranquilizarme. Y otra.

Volví a hundirme.

Escuché el zumbido del silencio, los golpes densos y distantes del agua. Me dejé caer, dejé que mi peso me arrastrara hacia abajo.

De algún modo, no respirar era un consuelo.

Me senté en el fondo de la piscina y el agua me comprimió, me sostuvo con su peso. Lentamente, mi corazón empezó a estabilizarse.

El hogar del que había huido esa noche era cálido y esperanzador, nada que ver con lo que había sido el último año. Hasta esa noche, nunca había considerado que podría volver a ser feliz. Nunca había soñado que podríamos usar los pedazos rotos de nuestra antigua vida para construir algo nuevo. Durante mucho tiempo, pensé que este dolor que aferraba cada día en el puño sería mi única posesión, lo único que tendría el resto de mi vida.

Se me había olvidado que tenía dos manos.

Sentí que una llave encajaba en la cerradura de mi corazón, sentí un giro aterrador en el pecho que me prometía hacerme seguir adelante, ganar más tiempo en esta vida abrasadora. Sentí que mi cuerpo se reiniciaba con un miedo creciente y doloroso. Temía que algo estuviera cambiando, que yo estuviera cambiando, que mi vida entera estuviera por fin mudando una piel que se le había quedado pequeña. Por fin.

Me daba miedo.

No sabía cómo manejar la esperanza. No sabía cómo podía caber algo así en mi cuerpo. Me daba miedo, mucho miedo, sentirme decepcionada.

Los sentí antes de verlos. Unos brazos alrededor de mi cuerpo, una mancha de movimiento, un movimiento estremecedor. El mundo volvió a mí en una explosión de sonido, respiraciones pesadas y aire fresco, el temblor de las ramas, el susurro de las hojas. Estaba jadeando, me aferraba al borde resbaladizo de la piscina, tenía la ropa pegada al cuerpo y el pañuelo pegado a la cabeza.

Salí del agua y me dejé caer de lado. Podía sentir el corazón latiéndome con fuerza, el pulso acelerado.

—Te lo juro, a veces creo que intentas matarme.

Me incorporé al oír el sonido de su voz y flexioné las rodillas hacia el pecho. Ali estaba sentado al borde de la piscina, con las piernas todavía en el agua y el cuerpo empapado. Lo miré mientras él observaba las brillantes profundidades con las manos en la cintura. Le caían riachuelos por la cara. Estaba empezando a temblar.

—¿Qué estás haciendo aquí?

Se giró y me miró.

—¿Es lo que quieres? —preguntó—. ¿Estás intentando matarme?

—No —susurré.

—He ido a tu casa. Te habías dejado la mochila en mi salón. Pero cuando he llegado, tu madre me ha dicho que habías salido tú para recogerla y que tal vez nos hubiéramos cruzado por el camino.

Suspiré y miré el agua.

—¿Cómo sabías que estaba aquí?

—No lo sabía. He buscado por todo el parque. He visto tus zapatos a través de la valla. —Señaló con la cabeza los barrotes que rodeaban la piscina municipal—. Así que he saltado. Por Dios, Shadi, no sabía qué estabas haciendo. —Dejó caer la cara en las manos y se apartó el pelo mojado de los ojos—. Me has dado un susto de muerte.

—¿Qué creías que estaba haciendo?

—No lo sé —contestó exhalando bruscamente—. No lo sé.

Yo sí que lo sabía.

Levanté mi cuerpo empapado, goteé sobre él y me senté a su lado. En ese momento, me di cuenta de que tenía los puños apretados. Le temblaba todo el cuerpo.

—Vamos —le dije suavemente y tiré de su brazo—. Estás congelado. Tienes que irte a casa. Tienes que secarte.

—Shadi.

Vacilé al oír el sonido de su voz. Sonaba ronca, cercana al dolor. Se giró, yo me giré y busqué su mirada. Vi algo en su rostro que me asustó, que me aceleró el corazón. Le toqué la mejilla casi sin pretenderlo, tracé la curva de su pómulo. Suspiró y el sonido se expandió.

—¿Qué estamos haciendo? —susurró.

Sentí que algo se partía en mi interior, que algo se cortaba. Lo miré con una esperanza temblorosa. Mi mente empapada no sabía lo que estaba haciendo. Mi propio nombre me presionó la lengua.

Shadi significaba «alegría» y lo único que hacía era llorar.

Ali me tocó la barbilla, me acarició los labios con los dedos.

—¿Sabes qué me ha dicho mi madre cuando te has marchado?

Negué con la cabeza.

—Me ha soltado: «Ali, idiota, esa chica nunca se interesará por ti. No sabes ni hablar con chicas como ella. Es demasiado buena para ti».

Estuve a punto de echarme a reír, pero me sentía más cerca del llanto.

—En serio —dijo y sentí que sonreía, sentí que sus palabras me acariciaban la piel mientras hablaba—. Mi propia madre.

Ese calor, ese inexplicable calor me subió de nuevo por la garganta. Ya era una sensación tan familiar que apenas me di cuenta.

Su sonrisa se desvaneció en el consecuente silencio. Tomó una bocanada de aire vigorizante. Temblaba de frío, de miedo.

—¿Sabes lo que quiero? —preguntó presionando la frente contra la mía—. ¿Lo que quiero más que nada?

—No.

Ahora tenía las manos alrededor de mi cintura, ambos manteníamos al otro en pie.

—Quiero que seas feliz.

Me picaban los ojos. Parpadeé.

—Ali…

—Todavía te quiero —susurró—. Todavía te quiero y no sé cómo parar.

Estaba acostumbrándome a esta sensación, al aleteo en mi pecho, al acelerón desesperado de emociones. No podía respirar, no podía ver más allá, no podría haberme imaginado que mi corazón podía agrietarse y repararse, agrietarse y repararse hasta el infinito.

—No lo hagas —dije en voz baja—. Yo nunca lo he hecho.

¿TE GUSTÓ
ESTE LIBRO?

Escríbenos a

puck@uranoworld.com

y cuéntanos tu opinión.

ESPAÑA ⟩ /MundoPuck /Puck_Ed /Puck.Ed

LATINOAMÉRICA ⟩ /PuckLatam

/PuckEditorial

¡Gracias por vivir otra
#EXPERIENCIAPUCK!